AF609991

COLLECTION DES ANCIENNES DESCRIPTIONS DE PARIS

MICHEL DE LA ROCHEMAILLET

THÉATRE

DE LA

VILLE DE PARIS

INTRODUCTION ET NOTES

PAR

L'ABBÉ VALENTIN DUFOUR

PARIS

A. QUANTIN, IMPRIMEUR-ÉDITEUR

7, RUE SAINT-BENOIT

1880

ANCIENNES DESCRIPTIONS

DE

PARIS

IV

THÉATRE

DE LA

VILLE DE PARIS

Cet ouvrage est tiré à 330 exemplaires, savoir :

Sur chine. . . nos de 1 a 30.
Sur hollande, nos de 31 a 330.

Exemplaire N° 261

MICHEL DE LA ROCHEMAILLET

THÉATRE

DE LA

VILLE DE PARIS

INTRODUCTION ET NOTES

PAR

L'ABBÉ VALENTIN DUFOUR

PARIS

A. QUANTIN, IMPRIMEUR-ÉDITEUR

7, RUE SAINT-BENOIT, 7

1880

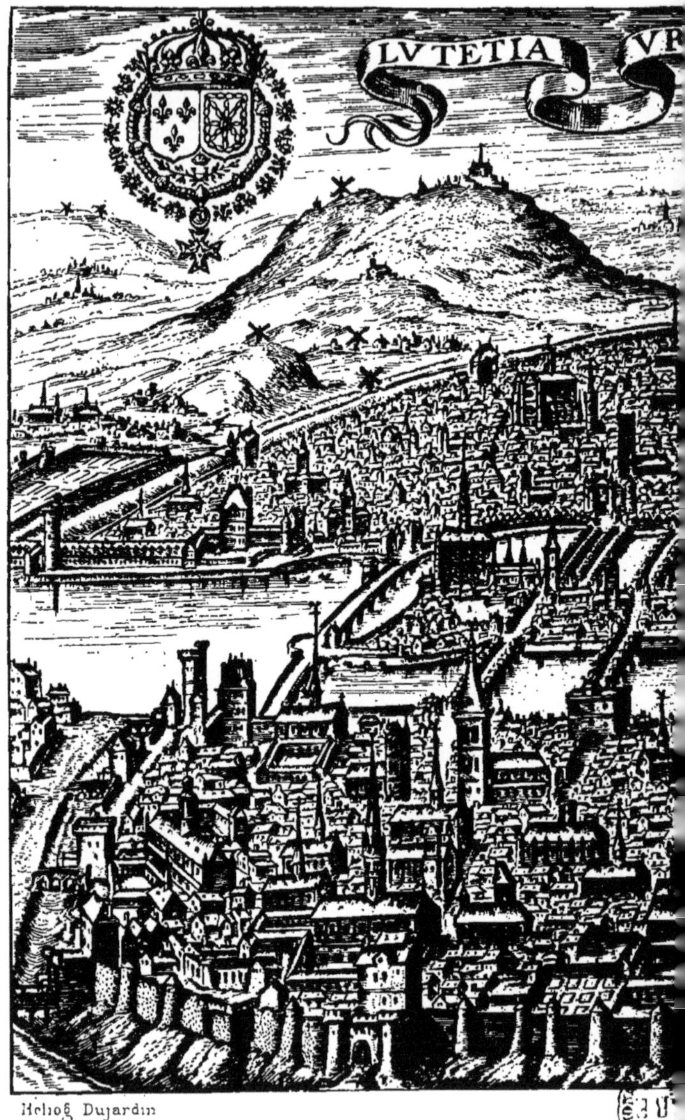

Heliog. Dujardin

PARIS SO

d'après Léo

A. Quantin Imp Edit

HENRI IV

Gaultier

INTRODUCTION.

PLUSIEURS personnes portant intérêt à la collection des anciennes Descriptions de Paris, et désirant qu'elle devînt aussi parfaite que possible, nous ont fait une critique que nous acceptons en principe, mais dont il est de notre devoir de nous justifier auprès des souscripteurs qui l'ont accueillie à ses débuts avec une bienveillance qui nous oblige à redoubler de soins pour leur être agréable.

Pourquoi vos notices sont-elles si sommaires pour la partie biographique surtout ? Parfois vous supposez parfaitement présentes à l'esprit du lecteur des notions qui vous sont familières, mais qu'il a oubliées et qui l'obligent à un exercice de mémoire pénible ou à des recherches que vous pourriez lui épargner ?

Rien de plus aisé que d'éviter à l'avenir ce reproche

en donnant une forme moins correcte, moins abstraite, moins synthétique à la phrase, tout en évitant même indirectement l'affectation de pédantisme.

Quant à la première partie de la critique, si l'on a pu croire dans les deux premiers opuscules que nous avons affecté d'être concis, c'est bien contre notre gré, ne trouvant rien ou presque rien concernant la vie et les travaux de nos personnages, Isaac de Bourges et Antoine de Mont-Royal. On ne pourra pas nous faire le même reproche pour le volume de Michel de Marolles ; nous avions pour nous guider ses Mémoires autobiographiques, ceux de ses contemporains et le remarquable travail que M. Clément de Ris a consacré à son compatriote. La vie de Michel de la Rochemaillet est plus simple, moins accidentée, sa carrière est une vie d'étude, de recueillement passée tout entière dans le silence du cabinet.

Quand on s'occupe de rassembler les matériaux qui doivent entrer dans le plan d'un ouvrage comme la collection des anciennes Descriptions de Paris, c'est à la bibliographie qu'il faut d'abord faire appel : connaître les livres, c'est bien, mais ne suffit pas, il faut les rencontrer ; il en est de rares, de curieux, d'égarés, de perdus, d'introuvables. Avant de pouvoir mettre la main sur le manuscrit d'Isaac de Bourges dont l'existence nous était parfaitement prouvée, nous avons dû faire plusieurs voyages à Bourges, plusieurs descentes dans la bibliothèque, alors en déménagement, sans rencontrer ce petit volume, qui par son format échappait plus facilement aux recherches.

Dans cette chasse bibliographique le chercheur fait souvent fausse route, les indications sont incomplètes, erronées, le volume figure bien sur le catalogue officiel, ancien ou moderne, mais ne se trouve plus sur les tablettes. Demandez aux bibliothécaires s'ils soupçonnent à qui il a pu être prêté, synonyme de perdu, où il peut être : chez un personnage officiel, chez un savant absorbé par d'autres travaux, ou encore chez un emprunteur peu soigneux. A sa mort, sa famille néglige de le rendre. Quand, suivant les usages de la guerre, la force prime le droit, on s'empare des objets d'art d'un pays conquis pour en embellir les musées et bibliothèques du vainqueur, certains livres, et non les moins intéressants, s'égarent en chemin; la bibliothèque royale de Bruxelles pourrait en fournir plus d'une preuve, et voilà ce qui explique que souvent le chasseur bibliographe revient bredouille, quand il se croit sûr d'entrer en possession de ce qu'il convoite et qu'il pense atteindre son but.

Un exemple éclaircira la chose, rien de brutal comme un fait : souvent trompeurs comme les prospectus, les catalogues ménagent parfois de ces surprises désagréables aux chercheurs et exercent leur patience.

On lit dans le catalogue de la Bibliothèque nationale, département des manuscrits, fonds Saint-Germain-des-Prés, cette mention : « Anonyme, Description de Paris au XVIe siècle, extrait de la Description de la France, tome CCLI, des manuscrits Coislin. » Muni de ces indications précises, qui évitent aux employés des recherches, aux lecteurs des lenteurs, à tous une perte de temps, vous croyez à la communication du volume. Erreur! Après avoir compulsé les divers catalogues modernes avec la complaisance que savent y mettre d'ordinaire les conservateurs de ce vaste dépôt littéraire, on recourt au catalogue primitif. L'article s'y trouve, mais en marge, d'une écriture ancienne, se trouve cette note : « Manque. » Que peut-il être devenu? Mystère; et cependant, à notre connaissance, il n'a jamais été publié.

Il est peu probable que ce volume qui manque soit celui qui provient du même fonds et qui est un don du duc de Coislin à l'abbaye Saint-Germain-des-Prés. En voici le titre, et ce qui se rapporte à Paris :

« *La France sainte* (M. fr. 17,262; Saint-Germain ancien 944).

« En la France curieuse, il y a en l'Isle de France à Paris.

« Le somptueux et admirable bastiment du Louvre. Le fameux édifice du Palais et la grand salle avec sa belle voute. En la vieille chambre des Monnoyes se voyent encore les remarques et vestiges des fourneaux qui servoient autrefois à l'essay des monnoies. Les beautez du palais Cardinal. Le magnifique palais d'Orléans, autrefois appelé Luxembourg. Le pompeux bastiment de l'hostel royal des Tuilleries, son escalier tournant en limaçon et suspendu en l'air sans aucun moyen pour appuyer ou soustenir ses marches, est l'un des plus beaux chefs-d'œuvre d'architecture et l'une des plus hardies pièces de toute la France. Au-devant de ce palais est un jardin merveilleux en choses rares, où les parterres, les compartiments, les allées, les fontaines, les fleurs, bref tout y est admirable.

« L'Hostel de Ville.

« La place Royalle avec la figure du feu Roy Loys le Juste, sur son pied d'estal de marbre. Le cheval de bronze avec la figure du Roy Henry le Grand. Le pont au Change, avec les figures du feu Roy, du Roy et de la Reyne.

« La belle fontaine de Saint Innocent, faite à l'antique avec de très belles figures de nimphes. »

La note suivante se trouve à l'intérieur du volume :

« Ex Bibliotheca Mss. COISLINIANA, olim SEGUERIANA, quam Illust. HENRICUS DU CAMBOUT, dux de COISLIN, Par Franciæ, Episcopus Metentis, etc., monasterio S.-Germani à Pratis legavit. An. M.DCC.XXXII. »

Autre fait du même ordre. Le *Traité des matériaux manuscrits de divers genres d'histoire par Amans-Alexis Monteil, Paris, 1836,* annonce tome II, p. 300, un « *Abrégé des antiquités de Paris et des choses les plus remarquables qui se trouvent dans tout le royaume de France. Se vend à Paris, chez Pierre Giffard, marchant libraire, rue Saint-Jacques, à l'Image Sainte-Thérèse,* manuscrit autographe du XVIIe siècle. 1 vol. in-12, veau brun, filets, 8 francs. »

Désirant retrouver, si faire se pouvait, cette épave qui pouvait avoir, comme d'autres pièces de notre collection, son intérêt relatif, nous avons commencé des recherches à ce sujet et ouvert une enquête, grâce a la bibliothèque du bibliophile Jacob, riche en catalogues anciens et modernes. Nous avons retrouvé les deux catalogues de vente Monteil. Le premier, fait de son vivant (1817), ne porte aucune indication de ce manuscrit. On sait que ce savant avait arrêté dès le troisième jour une vente qui ne produisait pas selon ses désirs et ne donnait même rien, le vent n'étant pas encore tourné aux enchères. Autographes, manuscrits, reliures, porcelaines, objets de curiosités n'étaient pas revenus encore en faveur; le public d'amateurs qu'il eût trouvé aujourd'hui n'existait pas alors.

Il n'est pas hors de propos de faire connaître le sentiment de Monteil sur ce manuscrit. « Il y a apparence que Giffart ne voulut pas de cet ouvrage, car je ne sache pas que ce manuscrit ait été publié ni par lui ni par autre. L'orthographe du mot marchant, *mercator*, et bien d'autres fautes de ce genre auront peut-être fait bien peur aux libraires. Ce brave homme d'auteur, qu'on n'aurait pas délaissé aujourd'hui qu'on a trouvé le moyen de détailler les volumes à un sou la feuille, et de faire croire que quand on dépense cent fois un sou on ne dépense pas cinq francs, commence ainsi : « *Au lecteur. Comme il y a beaucoup de personnes qui ont esté dans les unes et les aultres villes de ce royaume et qui y ont pu remarquer quelqu'unes des choses qui sont ici descrites, c'est pour rafraîchir la mémoire à ces personnes, et pour en donner une idée à celles qui ne les ont point vues que...* je crois *que la lecture n'en sera pas désagréable...* Adieu!... En somme, et après une lecture telle qu'elle, je puis assurer que l'on ne trouve pas de bonnes pages, on trouve par-ci par-là de bonnes lignes. Il n'y aurait pas eu grand inconvénient à laisser perdre ce manuscrit; il n'y a pas un plus grand inconvénient à le conserver. »

En publiant en 1836 son *Traité des matériaux manuscrits*, Monteil avait espéré vendre dans de meilleures conditions les nombreux documents qu'il avait rassemblés et utilisés pendant sa longue carrière; il vendit ainsi un certain nombre de pièces de gré à gré : l'*Abrégé des Antiquités de Paris* dut être du nombre, car on ne le trouve pas dans le catalogue de sa vente après décès, en 1850, et voilà pourquoi elle ne figurera pas dans la *Collection des anciennes Descriptions de Paris*, où elle aurait trouvé sa place tout naturellement.

Citons un dernier fait qui a trait directement au présent volume, ce qui nous ramène de plain-pied dans notre sujet, le *Théâtre de Paris* de Michel de la Rochemaillet.

Le catalogue de la Bibliothèque nationale, cité plus haut, département des manuscrits, annonce un manuscrit provenant de l'ancienne abbaye de Saint-Victor, (fonds Saint-Victor, n° 994, côté aujourd'hui Fr. 23137, sous ce titre : « *le Théâtre des villes et lieux les plus remarquables de France divisé soubz chacune province où ils sont assis, par Jean Leclerc,* 1642. »

Une note ajoutée renvoie pour les nouveaux catalogues à la Rochemaillet, nom d'auteur sous lequel il est actuellement inscrit. C'est un volume in-folio de 400 pages d'une belle écriture, précédé d'une espèce de dédicace intitulée : Épître aux lecteurs : on la trouvera reproduite plus loin, en tête de l'ouvrage. On remarquera que ce qui a donné lieu à l'auteur de composer l'ouvrage a été l'inexactitude des voyageurs en chambre qui décrivent de seconde main leurs prétendues pérégrinations, les pieds sur leurs chenets. L'anonyme de l'*Abrégé des antiquités de Paris*, cité par Monteil, reproduit à peu près la même pensée en développant le vers de Virgile qu'il ne devait pas connaître à en juger par son style et son orthographe, qui ne sentent pas leur humaniste :

Indocti discant et ament meminisse periti.

Sur le premier feuillet du *Théâtre des villes* se trouve cette note : *Cet ouvrage a été imprimé.* Curieux de voir cet imprimé qui n'est pas mentionné par les bibliographes, nous avons eu communication à la bibliothèque de l'Arsenal (H. 4886, in-folio) d'un volume intitulé : « *Théâtre géographique du Royaume de France*, contenant les cartes et descriptions particulières des provinces d'iceluy (gravées par Jean Leclerc). Les defcriptions par efcrit ont été recueillies et dressées par Gabriel Michel de la Rochemaillet, Angevin, ancien advocat au Parlement et au confeil de fa Maiefté. A Paris, chez la veufve Jean le Clerc, rue Saint-Jean de Latran, à la Sallamandre royalle, M.DC.XXXII. »

Le père Lelong le cite dans sa Bibliothèque générale, Paris, 1767, sous le nº 785.

L'ouvrage ne fut néanmoins terminé qu'en 1656, l'exécution des cartes ayant nécessité un laps assez considérable, vingt-quatre ans. Il ne nous a été d'aucune utilité, en voici la raison : c'est un atlas de 52 planches gravées en noir. Sur l'envers des feuilles on a imprimé ce que l'auteur appelle des *Descriptions* et ce qui n'est en réalité que des notions géographiques, avec explication de la carte. On a supprimé toute la partie historique, la vraie description des villes, la seule intéressante à notre point de vue.

Nous avons dû recourir au manuscrit de Saint-Victor pour en extraire la Description de Paris, de fait inédite, quoique le volume ait été publié, mais pas intégralement; nous nous en réjouissons puisque nous pouvons offrir à nos souscripteurs une pièce ignorée comme l'était notre premier volume, la Description de Paris par Isaac de Bourges. Dans le *Théâtre des villes*, la description de Paris se trouve remplir les pages 18 à 57, et avec les environs les quatre pages suivantes, en tout 38 pages de notre manuscrit.

Un feuillet fatigué s'est détaché et a été égaré, il fait lacune dans le récit, comme nous le remarquerons en son lieu; mais cette lacune n'est pas trop sensible, le recto et le verso de la page qui manque commençant et finissant un alinéa; elle est regrettable néanmoins parce que l'on n'a pas la narration intégrale de l'auteur, quoiqu'il soit facile d'y suppléer.

Le *Théâtre géographique* offre pour frontispice une splendide gravure allégorique où se voient en pendant les figures de Louis XIII et d'Anne d'Autriche en costume antique, et en bas une vue de Paris que nous reproduisons. Ce frontispice est signé Léonard

Gaultier. Notre manuscrit n'ayant aucune illustration, nous ne pourrions mieux faire que de reproduire la vue de Paris contemporaine due au burin habile du célèbre graveur; une dernière considération nous aurait décidé au besoin, on la retrouve en tête des *Ordonnances* des *Roys de France* par Fontanon, 3 volumes in-folio en 4 tomes, dont Michel de la Rochemaillet a donné une seconde édition encore consultée avec fruit de nos jours par les jurisconsultes.

Maintenant un mot de l'éditeur, de l'auteur et du graveur dont nous reproduisons les œuvres.

Sous le règne de Henri II, on trouve dans la liste des libraires le nom d'Antoine Le Clerc (1547); cette date, comme les suivantes, est celle de l'obtention du brevet. Sa famille demeura attachée aux traditions de probité et d'honneur qui distinguaient au XVIe siècle ceux qui embrassaient cette profession libérale. Obscurs artisans de la pensée, contents du titre modeste de *suppôts* de l'Université, ne recherchant ni honneurs ni richesse, ils travaillaient avec zèle et désintéressement aux développements de l'intelligence humaine sans autre arrière-pensée que de remplir consciencieusement leurs devoirs professionnels.

Antoine, fondateur d'une famille d'imprimeurs du nom de Le Clerc, qui nous occcupe en ce moment, paraît avoir eu une origine parisienne et avoir reçu une certaine instruction. Son fils, Jean Ier (1573), vécut dans des temps troublés; l'Epître dédicatoire de Jean II, son fils, à Louis XIII, reproduite plus loin, nous apprend qu'attaché à son roi et à son pays, il quitta, pour ne pas pactiser avec les ligueurs, Paris et son établissement, c'est-à-dire son avenir et celui de ses enfants, et se retira à Tours, où il exerça sa profession, tout en se livrant à des travaux d'un intérêt plus général. Ce fut lui qui eut l'idée du *Théâtre géographique* et qui fit commencer la gravure des premières planches.

Rentré à Paris en 1594, après la soumission de cette ville à son roi légitime, Jean Le Clerc était *marchand et tailleur d'hystoires*, sous Henri III, rue Fromentel, à l'Estoile d'or; sous Henri IV, il s'établit rue Saint-Jean-de-Latran, à la Salamandre, où nous retrouvons sa veuve. Là il continua l'œuvre commencée à Tours; mais elle marchait lentement, et à sa mort, on ne comptait que trente-cinq planches, dont quinze avaient été préparées à Tours. En 1627, la veuve de Jean Ier reprit en son nom le brevet de son mari, elle fut aidée de ses trois fils : David Ier, David II et Jean II; c'est chez elle que parut en 1632 le *Théâtre géographique du Royaume de France*, terminé seulement en 1656.

L'épître dédicatoire de Jean II au roi de France nous le montre persévérant dans les traditions de famille avec dévouement obscur et désintéressé pour son souverain, mais nous laissent ignorer les détails de son existence.

M. Werdet s'est trompé lorsqu'il a écrit dans ses *Études bibliographiques* sur les libraires et imprimeurs de Paris (1864) : « Cette très honorable famille (des Le Clerc), n'exerça que pendant cinquante-neuf ans ; elle se confondit en 1606, en la personne de N., fille de Jean Ier Le Clerc, qui épousa Jacques Ier de Sanlecque. P. 309. »

Cette erreur s'explique d'autant moins qu'à la page 87, le consciencieux auteur donnait la liste suivante des descendants de Jean Ier Le Clerc avec la date de l'obtention de leurs diplômes de libraire.

1627. Leclerc (veuve de *Jean Ier*), libraire.

1613. Le Clerc (*David Ier*), fils de Jean Ier, libraire et imprimeur.

1605. Le Clerc (*David II*), deuxième fils de Jean Ier, libraire.

1613. Le Clerc (*Philippe-Fabon*), veuve de David II, libraire.

1618. Le Clerc (*Jean II*), troisième fils de Jean Ier, libraire.

En comptant l'intervalle des années 1573 à 1627, on obtient le chiffre de cinquante-quatre ans, pendant lesquels Jean Ier aurait exercé; c'est long, mais non impossible; il aurait vu établir ses fils, qui depuis se réunirent à leur mère. En 1614, il éditait et gravait la Bible qui porte son nom et qui avait été illustrée par Jean Cousin. A. F. Didot, *de la Gravure sur bois*, p. 179, Paris, 1863.

Reçu libraire en 1618, Jean IIe signait en 1632 l'épître dédicatoire à Louis XIII. Son nom, sa famille, n'étaient donc pas éteints dès 1606 ou tombés en quenouille, comme on le dirait d'une famille princière.

Nous ignorons l'époque de sa mort, que seuls pourraient nous apprendre les registres mortuaires de Saint-Benoît, paroisse de cette famille de libraires, comme aussi de toutes les industries annexes de l'imprimerie : à l'ombre de la Sorbonne vivaient et mouraient les suppôts de l'Université.

Voici la dédicace de Jean II Le Clerc et l'historique de sa publication.

AV TRES CHRESTIEN

ROY DE FRANCE ET DE NAVARRE

LOVYS XIII.

Sire,

Au commencement du règne du Roy Henry le Grand de très glorieuse mémoire, père de Votre Majesté, lorſque la confuſion & le déſordre cauſez par les guerres civiles de la Ligue, troubloient aucunes des principales Provinces de voſtre Royaume, mon défunct père, afin de n'adhérer à la rébellion, ſe retira de Paris en voſtre ville de Tours, où estant réfugié, il se résolut de servir en sa vocation le feu Roy & le public au mieux qu'il lui seroit possible, & alors il projecta entre autres choses de dresser un Théâtre géographique de la France, & faire graver en cuivre les cartes des plus renommées Provinces de ce Royaume. Il y en eut quelques unes faictes à Tours iusques au nombre de quatorze ou quinze, & depuis la miraculeuse réduction de Paris aduenuë le vingt-deuxième iour de mars mil cinq cent quatre vingt quatorze, dont il y eut trois planches grauées, ce Théâtre fut augmenté iusques à trente cinq, & après le décès de feu mon père en continuant son dessein & louable entreprise, i'ay recherché d'autres cartes, & en ay faict graver quinze : de sorte que voyant qu'il y en avoit cinquante trois planches de cuivre complettes & parachevées, i'ay faict faire par un mien ami bien entendu en ce qui concerne l'Histoire de France, des briefues & sommaires descriptions par escrit sur chacune d'icelles cartes, que i'ay faict imprimer & publier avec vostre permission, & c'est ce Théâtre François que ie viens à présent consacrer & offrir à Vostre Majesté, avec une très-humble supplication que ie lui faict de vouloir le receuoir de bon œil, & auoir pour agréable cet œuvre pénible & laborieux, lequel sera, comme i'espère auec l'aide de Dieu, bien venu parmy ceux qui font cas de l'Histoire & Géographie particulière, & ensemble de le prendre en vostre Royale protection. Vous verrez, Sire, en ce Théâtre par escrit & en figures un fort grand nombre de Pays & de

Prouinces, que le feu Roy d'éternelle mémoire vostre père & vous, auez par vos armes victorieuses entièrement soubmises à vostre obeyssance, quoiqu'elles fussent vostres par droict héréditaire; comme descendu en droicte ligne de la race du pieux Roy Saint Louys, & ce nonobstant les empeschemens & vains efforts de grand nombre de vos subjects réuoltez, lesquels estant suscitez & assistez par quelques Princes estrangers, perseueroient opiniâtrement en leur rébellion & désobeyssance, & vous auez en ce faisant couppé par le pied les racines des factions, partialitez & diuisions qui troubloient misérablement vostre Estat, & l'auez par vostre valeur & prudence incomparable tellement restauré & affermy, qu'il est en train d'estre avec la grâce diuine plus florissant en toutes choses, plus pacifique au dedans, & plus redoutable aux estrangers, qu'il ne fut oncques depuis son establissement qui surpassa douze siècles. Ce sont les vœuz de vos plus fidèles subjects & seruiteurs, qui prient Dieu incessamment pour la conseruation de vostre prospérité & santé par longues années, pour l'accroissement de la gloire & grandeur de vos couronnes, & pour la naissance tant désirée d'un Dauphin, & pour mon particulier, ie proteste que ie demeureray toute ma vie de Vostre Majesté,

Sire,

Le très humble & très obeyssant seruiteur & très fidelle subject.

JEAN LE CLERC.

En rapprochant cette pièce de l'Épitre aux lecteurs de Michel de la Rochemaillet, il ressort évidemment ce fait : que Jean Ier Le Clerc a conçu l'idée du *Théâtre géographique* , idée primitive qui fut parachevée par son fils Jean II Le Clerc, lequel s'est fait aider pour le texte par un *sien ami entendu en ce qui concerne l'histoire de France.* Son collaborateur avait un volumineux recueil (982 pages); ne pouvant l'utiliser et le faire entrer dans le *Théâtre géographique,* il en détacha les notions géographiques, et négligea la partie historique. La note ajoutée sur le manuscrit de la bibliothèque Saint-Victor est incomplète; en annonçant que l'ouvrage a été imprimé, il eût fallu ajouter : en partie; et c'est ainsi que la Description de Paris que nous en avons extraite est inédite, ce dont on ne se plaindra pas.

Passons à la biographie de Michel de la Rochemaillet. Moréri lui a consacré dans son *Dictionnaire historique géographique,* tome VII, p. 594, les lignes suivantes :

« Gabriel Michel de la Rochemaillet, avocat au parlement de Paris et au conseil privé du roi. Il était fils de René Michel, Parisien, qui suivit longtemps le parti des armes et prit ensuite celui du barreau. Il est auteur de l'épitaphe en vers latins de Scévole de Sainte-Marthe (cf. le recueil *Scævolæ Sanmarthani tumulus,* p. 43). Gabriel naquit à Angers, et après avoir étudié les humanités à Paris, avec distinction, au collège des jésuites, il revint étudier le droit à Angers. Il y soutint des thèses avec tant d'éclat et d'applaudissements qu'on lui eût donné une chaire s'il s'en fût trouvé alors de vacante. Se voyant donc sans emploi, il retourna à Paris, s'attacha à René Choppin, son compatriote, et sous la conduite de cet habile jurisconsulte il suivit le barreau et fixa son séjour dans cette ville. Il commençait à faire grand bruit au parlement, lorsqu'il fut attaqué d'une surdité qui l'obligea de quitter le barreau et de se consacrer aux consultations du cabinet. Il a vécu jusqu'à quatre-vingts ans dans une parfaite santé, à la surdité près, ayant une mémoire heureuse, un esprit pénétrant et menant une vie très chrétienne. Il mourut le 9 mai 1642 et non dès 1633, comme plusieurs l'ont dit. Il fut enterré à Saint-Séverin. Gabriel Michel a beaucoup et utilement travaillé. On lui doit la meilleure édition que l'on ait des *Édits et Ordonnances des Rois de France*, recueillis par Fontanon, avocat au parlement, depuis Louis VI dit le Gros, l'an 1180, jusqu'au roi Henri III, avec un appendice qui conduit jusqu'à Louis XIII, trois tomes en 4 vol. in-folio, Paris, 1611. »

On a encore de lui :

Une nouvelle édition du *Code du roi Henri III*, manuscrit rédigé par Barnabé Brisson, président au parlement de Paris, mis à mort par les ligueurs en

1594, in-folio; Paris, 1622. Dès 1604, une nouvelle édition des *Coutumes générales et particulières de France et des Gaules*, in-folio, avec notes de Dumoulin, et encore plusieurs autres ouvrages de droit;

Il a revu et fait imprimer les Œuvres de Pierre Charron, avec la Vie de l'auteur;

Les *Éloges des hommes illustres qui ont fleuri en France de 1502 à 1600*, avec leur portrait in-folio ;

Le *Théâtre géographique* du royaume de France contenant les cartes gravées de Jean Leclerc et les descriptions de Gabriel Michel, in-folio, Paris, 1632.

Marié à Antoinette des Granges, fille de Denys Rivière, conseiller au parlement de Paris, et d'Antoinette Faucon de Riz, il eut huit garçons et deux filles. L'aîné fut conseiller au parlement de Rouen.

René Michel, poète latin, assez estimé de son temps, est le plus connu; il signait : Michel Rupemallei Parisini. Un frère puîné, Jacques, conseiller du roi en la cour des Monnaies, fut inhumé dans l'église de Saint-Germain de Champlant, près Massy, dont René, son frère, était curé.

On trouvera de plus amples détails sur Michel de la Rochemaillet, dont le prénom était Gabriel, le nom patronymique Michel et le surnom ou titre de la Rochemaillet : 1° dans la Bibliothèque des coutumes, p. 49; 2° dans un Éloge de Michel de la Rochemaillet. M. Ménard, de Tours, prétend que sa famille descend des Michel ou Michaelis de Venise, qui y avaient rempli les premières dignités dans le xve siècle et même avant, et que ce furent Jean Michelet et Jeanne de la Mesle, sa femme, qui, ayant acquis en 1453, la terre de la Rochemaillet, en firent porter le nom à leurs descendants (voir Mémoires de Trévoux, janvier et février 1762); 3° Foncemagne. Cet érudit affirme qu'il était de la même famille que Jean Michel, premier médecin de Charles VIII, mort le 22 août 1495 dans la biographie qu'il a donnée de ce personnage (voir Mémoires de l'Académie des belles-lettres, t. XVI, p. 240, et XVII, p. 544), ainsi que dans les Mémoires du temps.

On a voulu rattacher Michel de la Rochemaillet à un évêque Michel, Jean (1387-1447), célèbre de son vivant et canonisé après sa mort, arrivée le 12 septembre 1447; mais le fait n'est pas constant. D'ailleurs il n'a pas besoin de cette parenté, se recommandant assez par lui-même; nous pouvons affirmer que sa famille n'est pas éteinte et qu'il ne renierait pas ses petits-neveux.

Tout ce l'on sait sur l'habile artiste, à l'œuvre duquel nous empruntons notre frontispice se résume dans les lignes suivantes empruntées à la Biographie Hoefer, édition Didot :

« Gaultier (Léonard), graveur allemand, né à Mayence en 1552, est mort dans un âge fort avancé.

Après avoir travaillé longtemps pour les imprimeurs allemands, il exécuta différentes œuvres pour les principaux imprimeurs de Nancy et de Pont-à-Mousson et pour quelques libraires français. Ses gravures sont pour la plupart signées, mais peu connues, parce que les livres qui les renferment ont presque tous disparu des bibliothèques. »

Sans sortir de notre sujet, — l'histoire de Paris, — nous allons fournir une preuve frappante de ce fait qui peut paraître, au premier abord, singulier.

M. l'abbé Delaunay, ancien curé de Saint-Étienne du Mont, nous avait communiqué, il y a plusieurs années, un volume rare, si rare même qu'il est resté inconnu aux bibliographes. Vainement nous l'avions demandé dans les bibliothèques publiques : la Bibliothèque nationale ne le possède pas; et les libraires les plus autorisés, les bibliophiles ne se souvenaient pas de l'avoir vu passer dans les ventes; depuis, la bibliothèque de la ville de Paris a fait l'acquisition d'un exemplaire de cet ouvrage, dont voici le titre : « *la Conférence des figures mystiques de l'ancien Testament avec la vérité Évangélique, pour la défense de l'Église contre les hérésies tant anciennes qve modernes,* par R. P. en Dieu F. Guillaume de Requieu, docteur en théologie, abbé de la Celle à Poitiers. A Paris, chez Antoine du Breuil, sur les degrés de la salle du palais, avec privilège du Roy. S. d. » L'approbation des censeurs est datée de 1601, le privilège de 1602.

C'est un ouvrage de controverse ; nous n'avons pas à nous en occuper sous ce point de vue, mais seulement parce qu'il est orné de dix gravures et d'un frontispice signés *L. Gaultier fecit.* Au cabinet des estampes de la rue Richelieu nous n'avons pas rencontré dans l'œuvre de ce graveur un seul de ces sujets. Chacune de ces planches est accompagnée d'une explication succincte et naïve, qui fait entrer dans la pensée de l'auteur : on croirait que ces lignes ont été écrites par saint François de Sales, tant elles ressemblent peu au style lourd et traînant du corps de l'ouvrage, hérissé de citations, ce qui en rendrait la lecture impossible aujourd'hui. Ce volume, sorti des presses parisiennes, offre un intérêt bien plus grand au point de vue artistique. Ces gravures sont la reproduction, peut-être les cartons, des vitraux qui ornaient les fenêtres du charnier de l'église paroissiale de Saint-Étienne du Mont aux XVIe et XVIIe siècles. Ces vitraux existent encore, mais mutilés, dans certaines de leurs parties, ayant souffert de restaurations maladroites, de déplacements plus fâcheux encore, après avoir eu la bonne fortune, pendant quarante ans, d'être confiés aux soins d'un maître, d'un artiste, qui nous a laissé des préceptes sur les règles de son art d'autant plus précieux qu'il unissait à la théorie l'exercice de la pratique. Nous voulons parler de Le Viel, dont la signature se lit sur la bordure d'un de ces vitraux qu'il a restauré, et qui n'a connu ni le livre de Guillaume de Requieu, ni les gravures de Léonard Gaultier, qui lui auraient été si utiles pour les travaux de restauration.

Avant de terminer, un mot sur l'orthographe de l'auteur du *Théâtre de Paris*, que nous avons respectée dans ses variations, car il ne paraît pas avoir eu de parti pris : il écrit comme il prononce, *univercité*, *immunitez*, *machicoulis*. Il redouble volontiers les consonnes, *chappelles;* il n'est pas protestant, car il écrit la Religion P. R, peut-être sans affectation.

Son texte présente plusieurs lacunes; nous avons essayé d'y suppléer : alors les mots sont entre des crochets [ ].

L'Abbé Valentin DUFOUR.

ÉPITRE AUX LECTEURS

Meßieurs,

AYANT *veu en plusieurs livres imprimés beaucoup qui ont voulu discourir mal à propos des singularités & antiquitez des Villes de France, & recongnoissant qu'ils en parloient par ouy dire, sans avoir esté sur les lieux, & ce qui estoit d'une sorte ils disoient que c'estoit d'une aultre, & par ce moyen la vérité estoit obscurcie & demeuroit dans les ténèbres de l'ignorance, cela m'a occasionné pour rendre contentement aux esprits curieux, & pour faire congnoistre la vérité à tous de faire ce traicté du Théâtre des Villes & lieux les plus remarquables de France selon la pro-*

vince où ils ſont aſſis, & afin de vous donner ce plaiſir de veoir leur eſtendue & ne rien mettre en confuſion comme ont faict ceulx qui par cy devant ont eſcript, & pour mon particulier de ce que je vous diſcouray, ce ſera pour l'avoir veu & y avoir eſté.

THÉATRE
DE LA
VILLE DE PARIS

SOMMAIRE

1. Paris microscome. — 2. Sa position. — 3. Divisions, enceintes. — 4. Évêché. — 5. La Cité, Notre-Dame, l'Hôtel-Dieu. — 6. Escaliers et galeries du Palais. — 7. Le Parlement, le Palais. — 8. La Cour des Pairs. — 9. La Chambre des Comptes. — 10. Chapelle Saint-Michel. — 11. Juridiction du Parlement. — 12. Paroisses de la Cité. — 13. Pyramide de Jean Châtel. — 14. Marché neuf. — 15. Ponts. — 16. Grand Châtelet. — 17. La Ville, la Bastille. — 18. L'Arsenal. — 19. Le Louvre. — 20. Le Petit Bourbon. — 21. Le Temple. 22. L'Enclos du Temple. — 23. Saint-Martin des Champs. — 24. La Place Royale. — 25. Hôpitaux. — 26. Paroisses de la Ville. — 27. Population des paroisses. — 28. Abbayes d'hommes. — 29. Abbayes de femmes. — 30. Collège des Bons Enfants. — 31. Chapelles — 32. La Grève. — 33. La Monnaie. — 34. Faubourgs de la Ville. — 35. Capucins de la rue Saint-Honoré. — 36. Montmartre. — 37. Minimes. —

38. Abbaye Sainte-Geneviève. — 39. Son enceinte. — 40. Ancien palais de Clovis. — 41. Relève du Saint-Siège seul, ses chanoines réformés. — 42. Porte papale. — 43. Paroisses de l'Université. — 44. Saint Benoît et les Cordeliers. — 45. Jacobins. — 46. Augustins. — 47. Ordre du Saint-Esprit. — 48. Carmes. — 49. Bernardins. — 50. Le roi Robert, fondateur de l'Université. — 51. Le Recteur. — 52. La Sorbonne. — 53. Navarre. — 54. Cluny. — 55. Montaigu. — 56. Marmoutiers. — 57. Autres collèges. — 58. Collèges de Montaigu et de Médecine. — 59. Portes de la Ville. — 60. Faubourgs de l'Université. — 61. Abbaye Saint-Germain des Prés. — 62. L'Église abbatiale. — 63. Par qui consacrée. — 64. Relève du Saint-Siège seul. — 65. Frères de la Charité. — 66. Chartreux. — 67. Saint Bruno. — 68. Cloître des Chartreux. — 69. Saint-Jacques du Haut-Pas. — 70. Notre-Dame des Champs. — 71. Saint-Marcel. — 72. La Bièvre. — 73. Faubourg Saint-Victor. — 74. L'Abbaye de Saint-Victor. — 75. Les Faubourgs de l'Université entourés de murailles. — 76. Commerce. — 77. Édifices. — 78. Paris souffre des guerres civiles. — 79. Étendue de sa juridiction ecclésiastique. — 80. Le Bois de Vincennes. — 81. Le Château. — 82. La Sainte-Chapelle. — 83. Les Chanoines. — 84. Hiéronymites. — 85. Le Château de Beauté. — 86. Saint-Maur. — 87. Charenton. — 88. Charentonneau. — 89. Écho singulier. — 90. Bicêtre. — 91. Saint-Cloud. — 92. Le pont et le château de Gondy. — 93. Meudon. — 94. Longjumeau. — 95. Berny. — 96. Massy. — 97. Palaiseau. — 98. Montlhéry. — 99. Bataille de Montlhéry. — 100. Chanteloup. — 101. Chaatres ou Arpajon.

LA VILLE DE PARIS

ET

SES ENVIRONS

PARIS n'eſt point une ville, mais pluſtoſt vn monde[1], un cahos[2] *(sic)* compoſé d'vne grandiſſime quantité de peuple, l'vn des miracles du monde, le théâtre abrégé de l'vnivers, la cappitale du Royaulme de France, le ſéjour le plus ordinaire de nos Roys et de la plus ſignalée nobleſſe de France.

2. Ceſte ville eſt ſituée au milieu d'une belle plaine arrouſée de ceſte grande Rivière de Seine tant ſignalée par ce Royaulme, laquelle paſſe au milieu & dans vne Iſle que fait cette Rivière, laquelle eſt nommée la

1. *Non urbs, sed orbis,* disait Charles-Quint à François Ier, en lui parlant de sa capitale.

2. Par *cahos,* l'auteur n'entend pas parler de la confusion que présentait l'aspect de la ville, mais d'un spectacle qui étonne l'imagination.

Citté, l'auſtre partye où eſt baſtie le Louvre qui eſt la maiſon du Roy eſt appelée la Ville, l'aultre qui eſt au-delà de la Rivière eſt dite l'Vniuerſité accompaignée de grands & beaux faubourgs, qui ſont celluy de Sainct Germain, de Sainct Michel, de Sainct Jacques, de Sainct Marceau & de Sainct Victor; du coſté de la ville ſont les faubourgs de Sainct Honoré, de Sainct Denys, de Sainct Martin & de Sainct Anthoine.

3. La Citté qui eſt aſſiſe dans l'Iſle eſt la plus ancienne, ayant eſté baſtie longtemps auparauant la Natiuité de Noſtre Seigneur [1]; la Ville qui eſt la plus grande n'eſt pas de beaucoup ſy antienne, eſtant du paſſé vn bois, & meſme la Chappelle de Noſtre Dame [2] qui eſt dans le cimetière Sainct Innocent fut baſtie au plus fort dudict bois, où ſe retiroient des volleurs. Depuis, le peuple s'accreuſt et commença à former ceſte Ville. La première fermeture [3] fut au commancement de la rue Sainct Anthoine où maintenant eſt une croix & une fontaine [4], là eſtoit vne des portes appelée la porte Baudet. Après de plus en plus les François ſe plaiſant en ce lieu formèrent l'autre partie appelée l'Vniuerſité, & accreurent la Ville depuis le Louvre

1. D'après les synchronismes des auteurs du moyen âge.

2. Encore au siècle dernier, on voulait y voir une construction romaine.

3. Enceinte.

4. La fontaine de Birague, rue Saint-Antoine, en face les Grands-Jésuites, aujourd'hui l'église Saint-Paul-Saint-Louis; l'élargissement de cette voie en a nécessité l'enlèvement.

iusques au deça de Sainte Catherine du Val des escoliers [monastère] & le dernier ragrandissement de la Ville où a esté compris l'esglise Sainct Honoré, Sainct Nicolas des Champs, le prieuré Sainct Martin & le Temple fut du règne du Roy Charles cinquiesme en l'an 1370, que Hugues Aubriot, prevost de Paris en fist le dernier dessein, faisant bastir le chasteau de la Bastille comme nous dirons en son lieu.

4. En ceste ville il y a euesché, le premier éuesque & celuy qui anonça l'Evangille fut sainct Denys aeropagiste disciple des Appostres, lequel fut martirizé au pied de Montmartre, près Paris, au lieu où est aujourd'hui la chappelle des martirs sous le règne de Domitien, Empereur de Romme.

Ce petit monde estant donc composé de Ville, Citté & uniuersité, enrichy de plusieurs beaux & grands faubourgs, nous commencerons à parler de ce qui est de la Citté.

5. La Citté, comme nous auons dict cy-dessus, est bastie dans vne Isle que faict la Riuière, qui néantmoins n'est point de sy petite ettandue qu'il y aye de très beaux édiffices; entre autres l'esglise Cathédrale, desdiée à Nostre Dame, qui est admirable, pour la longueur, haulteur, largeur et grandeur excessiue, bastie toute sur[1] pillottis en l'eau, elle fut édiffiée par

1. C'était une erreur à cette époque de croire Notre-Dame bâtie sur pilotis; les travaux de réparation, exécutés à la cathédrale par M. Viollet-Leduc, lui ont permis de démontrer que le monument reposait sur de solides assises de pierres.

le Roy Philippe Auguſte & Maurice de Souillac, 70e eueſque de Paris, en l'an 1264. Il y a quarante-cinq chappelles. Ceſte égliſe eſt deſſeruie par cinquante chanoines & cent quarante chappelains, auparavant cela, l'eſgliſe cathédralle eſtoit à Saint-Marceau[1], de l'un des coſtez d'icelle eſgliſe ſont baſties les maiſons des chanoines qui ſont pluſieurs belles rues dont l'enclos eſt appelé le cloiſtre Noſtre-Dame, de l'aultre coſté eſt la maiſon épiſcoppalle et devant eſt le grand Hoſtel-Dieu, baſty fort ſuperbement, & bien renté, où ordinairement ſont receus toutes ſortes de malades, de quelque maladye que ce ſoit. Le Palais eſt à l'aultre bout de l'Iſle, qui ſouloit eſtre la demeure des Roys; auparavant qu'ilz euſſent faict baſtir le Louvre; il fut faict par Philippe le Bel[2] qui commit à ceſte œuvre Enguerrant de Marigny, comte de Longueuille, maiſtre des finances royal, depuis il fut pendu ſur les grands degrez[3] en montant en la

1. Cette opinion ne repose sur aucun fondement; tout au plus pourrait-on dire après Lebeuf qu'avant saint Marceau, le siége des évêques de Paris était dans le faubourg qui a reçu le nom de ce saint évêque.

2. Le palais des Mérovingiens, dans la Cité, a été remanié bien des fois; le souvenir des travaux qu'y firent exécuter les rois Robert, Philippe Auguste, saint Louis, s'y est conservé profondément; les constructions élevées par Philippe le Bel furent plus considérables; on en a retrouvé des fragments, ce sont les parties les plus anciennes de l'édifice.

3. Enguerrand de Marigny, premier ministre de Philippe le Bel, avait eu une grande part à la reconstruction du Palais, qu'il avait dirigée; il avait édifié et construit la grande salle. Sur l'une

grand ſalle dudict Palais, pour auoir vollé Sa Maieſté, mais le Roy Charles, fils dudict Philippe, le fit deſpendre & enterrer honorablement en un lieu qui eſtoit à luy nommé Ecouy.

Un feuillet détaché du fond a été égaré et l'on doit le regretter puisque le travail de l'auteur n'est pas complet, et il serait facile de le compléter si nous nous étions fait un devoir de suppléer à une omission d'un auteur ou de restituer une partie de son travail. Le feuillet recto et verso, qui manque commence un paragraphe et en termine un autre, on ne s'apercevrait peut-être pas, si le volume n'était pas folié, qu'il y a ici une lacune; mais il faudrait être peu versé avec l'ordre des idées dominantes à cette époque, où l'on suivait dans les descriptions de Paris, une sorte de canevas. Or, ici, Michel de la Rochemaillet, suivant l'usage, commence la description par Notre-Dame, puis il aborde celle du Palais, et, après avoir dit un mot de son principal restaurateur, Philippe le Bel, il passe sans transition à la mort tragique de son surintendant des finances, Enguerrand de

des portes figurait la statue du roi comme fondateur, ainsi que celle d'Enguerrand de Marigny. « Celle-ci, qui avait été placée par son ordre au-dessous de celle du roi, fut précipitée par le peuple du haut en bas des *grands degrés* dans la cour du Mai, en signe d'infamie, lorsque ce favori fut pendu, en 1315, par ordre du roi Louis le Hutin, pour crime de concussion, au gibet de Montfaucon, qu'il avait fait construire. Cette statue mutilée resta longtemps contre le mur de la grande salle (voir Hippolyte Bonnardot, *l'Incendie du Palais de Paris, en 1618*). Ce qui aura fait confusion aura été la présence de cette statue, dont on ne se rappelait plus l'origine et qui ne conservait que le souvenir du supplice.

Marigny, victime; de là il arrive naturellement au grand escalier qui conduit à la grande salle dorée en passant par la galerie des merciers, puis tout à coup on s'aperçoit qu'il n'a pas été dit un mot de la Cour des Comptes, de la Sainte-Chapelle et de ses reliques, de l'église haute et de l'église basse; dans la grande salle des effigies sculptées des rois, du crocodile et du cerf doré légendaires, de la table de marbre et du concours du populaire aux entrées des rois et des reines, aux baptêmes des enfants de France, à leurs mariages, aux réceptions comme chevaliers des fils aînés des rois ; cependant le cicerone, élevé dans le palais, en connaît les détours, puisqu'avant d'avoir été avocat consultant, il avait plaidé. On est en droit de s'étonner de son oubli, mais il prend soin de nous avertir quelques lignes plus bas qu'il ramène son lecteur à la *galerie par où l'on va à la grande salle,* DONT NOUS AVONS PARLÉ. Le fait constaté, nous le laissons poursuivre la narration.

6. Il y a un grand eſcalier où ſelon icelluy ſont Boutiques de Merciers, de cette grande salle on entre dans la chambre dorée qui eſt la principalle où l'on tient le parlement dont le planché [1] eſt faict à culs de lampes dorez qui eſt vn très bel ouvrage.

7. Ce parlement eſt le premier & le plus ancien de France, y ayant pluſieurs Chambres qui ſont juſques au nombre de ſix, entre autres vne chambre mi partye pour vuider les procès d'entre ceux de la religion prétendue réformée & les catholiques, y ayant vn grand nombre de Chambres où l'on peut aller des

1. Le plafond voûté et lambrissé en bois.

vnes aux aultres, la Cour des Monnoyes, & celle des Aydes, Chambre du Tréſor, Requeſtes de l'hoſtel du Roy y ont leurs Chambres appart, comme auſſi la petite Chancellerye attenant de la Gallerye par où l'on va à la grande Salle dont nous avons parlé. Il y en a vne aultre qui tourne au-deſſus de la Conciergerie où il y a des Boutiques de diverſes ſortes de marchandiſes. Cette Conciergerie eſt vne priſon dans l'enclos du Palais.

8. Ce Parlement eſt dit la Cour des Pairs eſtant ſeul Juge deſdicts Pairs & des Princes.

9. Dans la meſme court du Palais comme nous auons dit eſt vn beau corps de logis qui eſt la Chambre des Comptes & le lieu où ſont gardez les tiltres, auœux & dénombrement des terres & ſeigeuries, de requieſts en fiez tant au Roy que à ſes ſubiets [1].

10. Dans cet enclos du Palais & attenant de la cloſture d'icelluy eſt l'éſglise ou chappelle Sainct Michel & derrière la Chambre des Comptes eſt la maiſon du Bailly du Palais, accompagnée d'vn beau grand jardin duquel on a retranché vne partye en l'an 1608, pour baſtir la place Dauphine & une rue qui eſt au bout de la ditte place où les maiſons ſont baſties toutes ſur un meſme modelle qui eſt vne belle choſe à veoir.

1. La Cour des Comptes, rebâtie par Louis XII au commencement du XVIe siècle, fut consumée en 1737 par un incendie, dans lequel furent détruites beaucoup de pièces historiques et domaniales.

11. A ce Parlement reſſortiſſent les trente-ſept ſiéges preſidiaulx qui s'enſuiuent. Premierement le ſiége & prevoſté de Paris au grand Chaſtelet, celluy de Laon, de Melun, de Senlis, de Beauvais, de Soiſſons, de Montfort la Mory, d'Amiens, d'Abbeville, de Boulogne, de Reims, de Troies, de Vittry, de Chaumont en Baſſigny, de Sens, de Meaux, de Chaſteau-Chinon, de Provins, d'Auxerre, d'Orléans, de Chartres, de Blois, de Tours, de Nantes, d'Angers, de Beaugé, de la Flèche, de Poictiers, de Bourges, de Sainct-Pierre-le-Moutiers, de Moulins en Bourbonnois, de Lion, de Rion, de Clermont, d'Aurillac, d'Angouleſme & de la Rochelle, ſans y comprendre les pairyes & aultres juſtices qui viennent nuement par appel à la Court.

12. Dans ceſte Citté il y a dix-ſept paroiſſes, vn prieuré appelé Sainct-Eloy, vne aultre eſgliſe appellée Saincte-Geneuiefue des Ardantz, l'eſgliſe cathédrale. Il y a en tout vingt-deux eſgliſes.

13. Deuant vne des portes du Palais, auoit eſté raſée vne maiſon du père de celluy qui avoit voulu tuer le Roy Henry quatrieſme, en l'an 1595, nommé Jehan Chaſtel, en ceſte place y auoit eſté mis vne belle pyramide bien élabourée en laquelle pour teſmoignage de ce meſchef eſtoit graué en lettres d'or l'arreſt de la Court par lequel ledit Chaſtel eſtoit condamné à mort, & parce qu'il eſtoit étudiant au collège de Jéſuites, & que ſon maiſtre fut conuaincu de l'auoir perſuadé à faire ce méchant acte pour lequel [il] fut

executé, lesdicts Jésuites furent aussi condamnez de sortir hors du Royaulme, néantmoins ledict Henry quattriesme les y rétablissant en l'an 1605, fait abbattre ceste piramide au lieu de laquelle a esté mise vne fontaine.

14. En la Citté il y vne grande place auec quelques halles appelée le Marché Neuf, estably par le Roy Charles neufiesme.

15. A ceste Citté abordent sept pontz, dont il y en a quattre de pierre & trois de bois, ceux de bois sont celuy du pont au Change, qui est tout remply de maisons, de boutiques d'orpheures, celuy qui est auprès souloit estre appelé le pont aux Musniers, mais estant tombé en l'an 1596 où périrent beaucoup de paures gens, il y a esté depuis rebasty en l'an 1605 bordé de maisons de part et d'aultres pour y mettre des marchands, & est appelé le pont Marchand à cause du nom de celuy qui l'a fait bastir. Ces deux abordent du costé de la ville, celuy de Sainct Michel est du costé de l'Vniuersité, lequel est bordé de maisons comme les dessus dicts, vn peu plus haut est le petit pont, au bout duquel est vn vieux portail[1] qui sert de prison, basty par Hugues Aubriot, prévost de Paris, sous le règne du Roy Charles cinquiesme, en l'an 1370. De l'austre costez pour aborder à la Ville est le pont Nostre Dame, basty de pierre sous le règne

1. Une vieille porte, le petit Châtelet, sous lequel il fallait passer pour entrer dans la ville en venant de l'Université.

du Roy Louis douzième en l'an 1499, bordé de [haultes] maiſons de part & d'autres, auparauant il eſtoit de bois, mais il tomba, il a vne telle correſpondance avec la rue, comme auſſi à celluy du petit pont, que l'on ne penſe point paſſer ſur une riuière. Les deux aultres pontz[1] ſont commancez à baſtir du règne du roy Henry troiſième en l'an [1578] & acheué par le Roy Henry quattre en l'an 1604 : ils ſont au bout de l'Iſle de la Citté derrière le Palais. Il n'y a aucune maiſon comme aux aultres & ſont appelez le pont neuf, entre ces deux ponts neufs eſt une place de pierre de taille en forme carrée qui eſt le lieu où doiẛt eſtre pozé la ſtatue de bronze à cheval du Roy Henry le Grant 4e du nom laquelle eſt faiẛte en Itallye dès l'an 1609, l'ayant vue à Florence.

16. Le grand Chaſtelet eſt nommé aultrement la porte Paris[2] lequel eſt baſti en la ville au bout du pont Marchant. Il ſouloit eſtre vne des portes de la Citté, ayant eſté baſty par un empereur romain nommé Julien l'apoſtat, mais depuis il a eſté rebaſty par le Roy Philippe Auguſte. C'eſtoit l'apport de toutes marchandiſes qui sy vendirent auparavant que la ville feuſt en la grande ſplendeur où elle eſt de préſent, ce lieu

1. Les deux parties du Pont-Neuf reposant sur l'île du Palais et le terre-plein sont considérées par l'auteur comme deux ponts séparés, quoique, de fait, ils n'en fassent qu'un seul, ayant neuf issues.

2. La porte de Paris si l'on considère l'enceinte, la porte de Paris si l'on a égard au marché voisin où arrivaient les comestibles nécessaires à une partie de l'approvisionnement de la ville.

auec quelques uieilles tours & autres uieux logis qui font au-deffus de fon portail feruent pour le fiége de la preuofté & uicomté de Paris, où l'on juge en première inftance les caufes de tous les habitants de la uille de Paris & preuofté d'icelle, cefte juftice commença à croiftre du temps de Sainct Louis, ayant fept balliages qui y reffortiffent, fçauoir celluy de Croiffy, de Sainct Germain en Laye, de Tournon en Brye, de Torcy en Brye, de Corbeil, de Montlhéry & de Goneffe, on l'appelle la juftice du Chaftelet, lequel eft un siège préfidial.

17. La ville eft de grande eftandue, plus que l'Vniuerfité, & la Citté enfemble, ayant été commencée à fortifier de bons foffez & remparts, boulleuarts, murailles de pierre de taille, fous le règne du Roy Henry second[1]. Ces fortifications commencent à l'Arsenal fur le bort de la Riuiére, & finiffent au delà de la porte Sainct Anthoine, attenant de laquelle eft le chafteau de la Baftille qui eft vn baftiment affez antien ayant efté faict l'an 1570 par Hugues Aubriot, préuoft de Paris fous le règne du Roy Charles cinquiefme.

18. A cofté de ce chafteau de la Baftille eft l'Arfenal duquel l'enclos eft fort grand, commençant dès la porte de la Baftille & allant jufqu'à a Riuière. Cet

1. C'est plutôt une addition faite à l'enceinte de la rive droite qu'une nouvelle enceinte proprement dite qui fut exécutée entre 1540 et 1635; elle modifie très peu le tracé de celle élevée par le roi Charles V. (Voir A. Bonnardot, *Dissertations sur les anciennes enceintes de Paris*, 1852.)

Arſenal eſt garny de tout ce qui lui eſt néceſſaire, tant de canons que de toutes aultres munitions de guerre, & de grande quantité d'armes, de gens de cheval & de pied. Il fuſt commencé à baſtir par Henry deuxième & ſut fortuitement bruſlé, puis apprès commencé à rédifier par le Roy Charles neufieſme, & du tout paracheué & garny de toutes ſortes d'armes par le Roy Henry quattrieſme au lieu ou de préſent eſt l'Arſenal, ſur le coin de la ville vers la riuière eſt vne groſſe tour appelée la tour de Billy où ſe mettoient les pouldres à canon, ſur laquelle tomba le tonnere qui meiſt le feu de telle façon ausdites pouldres qu'elle briſa la tour, les ruines de laquelle feirent beaucoup de dommages, ce qui arriva l'an 1437[1]. De l'aultre coſté de la porte Sainct Anthoine sont quelques boulleuars reueſtus de pierres, comme nous auons dict. Le reſte de la ville eſt aſſez mal fermé, n'y ayant quelques meſchants foſſez, en aucuns endroitz, quelques murailles & ſept portes.

19. Le chaſteau du Louure, demeure du Roy, qui eſt à l'aultre bout de la ville, proche de la riuière, a

1. Le 28 janvier 1562, un accident, dont les causes ont toujours été plus ou moins ignorées, détruisit les logements des officiers d'artillerie, sept moulins à poudre, deux grandes halles, par l'explosion de vingt milliers de poudre qui étaient en magasin; il y eut de nombreuses victimes. Le sinistre ne put avoir lieu en 1437, François Ier ayant emprunté à la ville une de ses granges pour y mettre son artillerie en 1533 seulement. Une ancienne description de Paris en latin, que nous publierons plus tard, relate cette catastrophe.

eſté commancé à baſtir en la forme qu'il eſt par le Roy François premier. Il y avoit au milieu de la cour vne groſſe tour ronde ou donjon qui ſeruoit à mettre les priſonniers criminels de lèze-majeſté, que l'on met maintenant à la Baſtille, laquelle a eſté ruinée par le Roy François premier[1] lorſqu'il commença le ſumptueux baſtiment de ce chaſteau, encore [que] depuis Henry ſecond, Charles neufieſme & Henry troiſieſme, ayant chacun faict trauaillier à la continuation de cet admirable édifice, lequel paracheué feroit une des plus ſumptueuſes maiſons du monde, eſtant accompagné de ces belles galleryes que le Roy Henry quattrieſme a faict faire, l'vne qui va vers la riuière, l'aultre qui aboutit à la deſſus dite & qui d'vne longueur eſmerveillable, ſortant hors de la ville, va reprendre le chaſteau des Thuilleryes au milieu des jardins du Roy. Ces galleryes ont eſté commancées en l'an 1594, la petite qui eſt celle qui prend depuis le Louure juſques à la riuière[2], extrêmement bien élabourée par le dehors et par dedans, enrichye de belles paintures, dorures & lambris, comme les planchers dudict chaſteau du Louure qui ſont des plus beaux & des mieux dorés qui ſe puiſſent veoir. L'autre grande gallerye qui tient à celle-là, & qui

1. On peut voir dans la cour du Louvre le tracé de la tour du Louvre, de son enceinte et d'une partie de la forteresse féodale; des petits pavés indiquent exactement les substructions retrouvées il y a quelques années, à moins d'un mètre du sol.

2. La galerie d'Apollon.

vat (*sic*) aboutir au chafteau des Thuilleryes & fe peut dire l'vn des beaux édifices de toute la chreftienté, le deffoubz de laquelle eft rempli de chambres d'artizans de toutes fortes de meftiers, & des plus excellentz ouuriers qu'on ayt feu rencontrer par la France & ailleurs. Au deffoubz il y a vne allée où le Roy peut entrer dans le chafteau, bouticques ou chambres de ces artizans y ayant auffy vne très belle falle toute diaprée de marbre de diuerfes couleurs avec des niches de mefme eftoffe remplyes de diuerfes fortes de ftatues de marbre fort belles, & des plus antiques, entre aultres la Diane qui eftoit dans le temple de Delphèfe, proche d'Atenne en Grèce. Ce lieu eft furnommé la falle des Antiques.

Il y a infinies aultres raretez qui feroient trop longues à exprimer.

20. Au deuant du Louure eft l'hoftel de Bourbon qui fouloit appartenir aux derniers ducs de Bourbon, ayant efté confifqué lorfque Charles, dernier duc de Bourbonnois & Conneftable de France, quitta le party du Roy François premier pour fe mettre auec l'Empereur Charles cinquiefme, & pour tefmoignage de la défobéiffance, les portes d'icelle maifon furent jaulnyes comme il fe veoit encore[1]. Elle a efté abbattue

1. Le *jaune* était une couleur ignominieuse. Le connétable de Bourbon avait été condamné pour félonie ; après la révolte et la condamnation du connétable, la porte et le seuil de sa maison furent peints en jaune. Sainte-Palaye, qui rapporte le fait, V° jaune, ajoute que c'était l'ancien usage des Français. Au XVIIe siècle,

en partie pour faire vne place deuant le Louure, & les aultres logis qui ſont encore debout seruent pour les logemens du train[1] de la Royne. Il y a vne chappelle qui eſt aſſez belle où les Roys vont ouyr la meſſe d'ordinaire, attendant que celle du Louure ſoit faicte.

21. Le Temple eſt à vn aultre endroict de la ville, qui eſt vne grande enceinte de murailles garnyes de tours fort anciennes, c'eſt le lieu où demouroient les cheualiers templiers qui combattoient contre les Inſidelles, y ayant des religieux ordonnez pour y faire le ſeruice, deſquels Templiers en fut brullé en ceſte ville certain nombre en l'an 1212, ſoubz le reigne du Roy Philippe IV pour leurs énormes péchez, & depuis ce nom fut aboly & furent appellez cheualliers Sainct Jehan de Hiéruſalem, puis quand ilz eurent perdu Hiéruſalem, lon les nomma de Rodes, & à ceſte

on peignait encore en jaune la porte de ceux qui avaient trahi leur patrie. Un arrêt du Parlement de Paris condamna à mort le prince de Condé, qui, en 1653, avait abandonné la France pour passer au service de l'Espagne, et la porte de son hôtel à Paris fut peinte en jaune. La *rouelle* que les Juifs portaient sur leurs vêtements, d'après les prescriptions du concile de Latran (1215), était de couleur *jaune*. La couleur *jaune*, dans un autre ordre d'idées, était affectée aux maris malheureux. Le vert était également une couleur infamante réservée aux banqueroutiers et aux débiteurs insolvables. On voit, sous Louis XII, un cordelier faire amende honorable en habit séculier, mi-parti de jaune et de vert, portant une torche bigarrée des mêmes couleurs.

1. On dirait aujourd'hui pour les écuries des équipages de la Reine.

heure de Malte. Ce lieu eſt la demeure principalle du grand prieur de France, n'y ayant en ce Royaulme que ſix grandz prieurez dont celluy cy eſt le premier, puis celluy de Champaigne, d'Auuergne, d'Aquitaine, de Thoulouze & de Sainct Gilles en Languedoc. Il y a bien vn grand nombre de commanderyes qui ſont de grand reuenu, & ſe donnent par les grands maiſtres de Malte aux chevalliers qui ont ſervi certain temps contre le Turc auquel ils ſont journellement guerre pour la conſervation de la chreſtienté, leſquels cheualliers auant eſtre receus par le grand maiſtre, doibuent prouuer qu'ils ſont gentilshommes, de trois races, aultrement ilz ne ſont point acceptez. Soubz ledict grand prieuré de France ſont cinquante commanderyes qui vallent neuf vingtz mil liures, ſoubz celluy de Champaigne ſont ving trois commanderyes qui vallent soixante & quinze mil liures, ſoubz celluy d'Auuergne ſont ſoixante & vne commanderyes qui valent cent cinquante mil liures, ſoubz celuy d'Aquitaine ſont trente quattre commanderyes qui vallent quattre vingtz dix mil liures, ſoubz celluy de Toulouze sont ving trois commanderyes qui vallent cent cinquante mil liures, ſoubz celluy de Sainct Gilles ſont quarante quattre commanderyes qui vallent cent cinquante mil liures qui ſont en tout les commanderyes qui ſont ſoubz lesdictz ſix grandz prieurez deux cent trente cinq commanderyes.

22. Dans ces enclos il y a pluſieurs baſtimens, entre aultres vne belle eſgliſe deſſeruye par des reli-

gieux qui ſont encore de l'ordre de Sainct Jehan de Hieruſalem. Il y a en ceſte eſgliſe deux belles chappelles garnyes de riches ſépultures des grands prieurs qui les ont faict battir, à coſté de ceſte eſgliſe eſt vne grande tour ou donjon carré hault & eſleué, flanqué de quattre petites tours auquel les Roys ſouloient demeurer quelque fois, auparauant que le Louure fuſt baſti, maintenant l'on s'en ſert pour mettre les pouldres à canon du magazin du Roy.

23. Le prieuré Sainct Martin des Champs eſt fermé d'une grande enſeinte (*sic*) de murs de meſme modelle que ceux du Temple, lequel prieuré eſt conuentuel deſpendant de l'abbaye de Cluny. Il ſouloit y auoir des chanoines, leſquelz furent oſtez pour leur mauvaiſe vye par le Roy Philippe premier du nom en l'an 1079, le donnant à Sainct Hubert (Hugues), abbé de Cluny, lequel y meiſt vn prieur & des religieux de l'ordre Sainct Benoiſt.

24. La place Royalle eſt vne grande place proche la porte Sainct Anthoine, au lieu où fut jadis la maiſon royalle des Tournelles, accompagnée d'un grand parc auquel hoſtel des Tournelles ſe faiſoient les tournoys au dernier deſquelz faict en 1559 le Roy Henry deuxieſme rompant en lice contre le comte de Montgommery, ſeigneur de Lorges, fut tué d'vn eſclat de la lance qui luy entra par la viſière mal accrochée, & pour cette cauſe, ledict hoſtel des Tournelles fut razé par commandement de la Royne Catherine de Médicis ſa veufue, laquelle y feiſt eſtablir le marché

des Cheuaulx qui s'y eſt tenu tous les ſamedis iuſques à ce que l'on a baſti les ſuberbes (*sic*) édiffices que l'on voit aujourd'huy en cette place à bon droit nommée royalle par le Roy Henry quatrieſme. Ceſte place eſt carrée, entourée de neuf pauillons couuerts d'ardoize en cheſque (*sic*) pan avec deux grands portaux qui ſont pauillons plus eſlevez que les aultres. Il y a tout à l'entour de ceſte court des galleryes faictes en arcades & vouſtées. Ces baſtiments ſont tous faicts de bricques & de pierres de taille; les quattre coſtez ſont maiſons de gentilzhommes financiers & aultres gens de callité (*sic*). Derrière ceſte place eſt une aultre appellée la Court des Manufactures[1] où il y a des logis pour les ouuriers qui trauaillent en drap de ſoye & paſſement d'or, & derrière ces maiſons eſt un couuent des Minimes commancé en l'an 1609.

Cet enclos a eſté commencé du reigne du Roy Henry quaſtrieſme en l'an 1695, & le peult on dire vn des plus ſuperbes baſtimens & l'vne des plus belles places de la chreſtienté.

25. Il y a pluſieurs beaux & riches hoſpitaulx,

1. Sully encouragea l'agriculture et attira par des avantages des ouvriers habiles pour régénérer en France l'industrie, qui n'avait pu survivre aux guerres de religion et aux discordes civiles; ses efforts eurent une heureuse influence sur le commerce et la production en France, Colbert n'eut plus qu'à les suivre pour donner à notre pays une prépondérance que son génie lui assure quand elle peut se développer en sécurité sous un gouvernement ferme et éclairé.

premièrement celluy de Sainct Anthoine de Vienois desseruy par des religieux de cet ordre. C'est pour les pauvres estropiez; on l'a nommé prieuré, ayant esté fondé par le Roy Sainct Louys en l'esglise des Héraulx d'armes[1]. Celluy-cy s'appelle le petit Sainct Anthoine; puis est celluy de Sainct Jacques qui sert pour loger les pauvres pellerins qui vont à Sainct Jacques en Gallice; celluy du Sépulchre pour ceux qui vont à Hiérusalem; celluy des Quinze-Vingtz qui a esté fondé par le Roy Sainct Louys, à cause de trois cent chevalliers qui eurent les yeux creuez par le commandement du Soldan d'Égipte, & apprès qu'il les eut pris prisonniers de guerre, il y a tousiours eu trois cens pauures aueugles entretenuz aux despens de l'hospital; celluy des Enfants rouges, de la Trinité & du Sainct Esprit sont des pauures Enfants trouuez ou orphelins qui sont nourris & entretenus aux despens des dictz hospitaux, aulquels on faict apprendre mettier; celluy de Sainct Jullien & Sainct Germain[2] sont pour les pauures malades.

26. Dans l'enclos de la ville il y a dix huict paroisses [tant chapelles que autres] esglises canonialles avec paroisses, qui sont celles de Sainct Germain de l'Auxerrois, de Sainct Thomas du Louure, de Sainct

1. Le petit Saint-Antoine de Viennois était parfaitement distinct de l'abbaye du Val-des-Ecoliers, où les sergents d'armes du roy avaient fait une fondation après la bataille de Bovines et qui était le siège de leur confrérie.

2. La Charité au faubourg Saint-Germain.

Honoré, de Sainct Sauueur, de Sainct Merry, de Saincte Oportune & de Sainct Inocent, attenants de laquelle il y a vn fort grand Simetière entouré tout allentour de galleryes voultées audeſſoubz deſquelles ſont enterrez des plus notables bourgeois de Paris; le reſte du cimetière eſt général pour tout le monde. La terre en eſt ſi corroſive qu'vn corps y eſt conſommé en moings de ſix jours[1].

Proche ce cimetière eſt arriué l'an 1610, le quatorzieſme may que le Roy Henry quattrieſme eſtant en ſon carroſſe, en la rue de la Ferronnerye[2], accompaigné de quelques ſeigneurs & ſuivy de deux cent gentilzhommes à cheual fut produitoirement frappé de deux coups de couſteau dont le dernier luy donnant dans le corps & luy coupant la veine au deſſus du cœur, il mourut auſſitôt. Cet abominable nommé François Rauaillac, natif de la ville d'Angovleſme, fut tout auſſy toſt ſaiſi par vn gentilhomme nommé Sainct Michel, ayant encore le couſteau ſanglant à la

1. Vieille croyance parisienne qui a subsisté jusqu'à la fermeture du cimetière en 1784.

2. C'est dans la rue de la Féronnerie (et non dans la rue Saint-Honoré), devant la maison qui avait été décorée d'un buste et d'une inscription en l'honneur de la victime, que le roi Henri IV tomba sous les coups de Ravaillac. Lors de la reconstruction de la rue qui bordait le charnier, on voulut consacrer la mémoire de ce tragique événement et on mit sur la façade de la maison portant le n° 8, qui remplaçait celle devant laquelle avait été perpétré l'attentat, une croix de Malte rouge à la hauteur du second étage, où on la peut voir encore malgré le badigeon municipal.

main, & fut exécuté le quatorziesme jour ensuiuant, en la place de Graive.

27. C'est une chose incroyable du peuple qui est en ces paroisses, spécialement en celle de Sainct Eustache, laquelle est desservye par sept vingtz prestres, le curé à ce que l'on tient, a presque aultant de reuenu que l'euesque de Paris, y ayant cinquante mil communians, sans comprendre ceux de la religion prétendue réformée qui y habitent. Dans celle de Sainct Nicollas des Champs, dix huict mille, dans celle de Sainct Germain l'Auxerrois, quarante cinq mille, & aux aultres paroisses de mesme, selon leur grandeur & ettandue.

28. Il y a beaucoup d'abbayes, prieurés & religieux d'hommes & de femmes; ceulx d'hommes sont l'abbaye Saincte Catherine du Val des Escolliers qui a esté fondée par les gens d'armes du Roy Sainct Louys y ayant dans icelle plusieurs belles sépultures entre aultres deux, l'une du cardinal Birague & de sa femme; celluy de Saincte Croix de la Bretonnerie, où il y a des moines de l'ordre de Sainct Augustin, & le prieuré de la Charité Nostre Dame des Billiettes fondé de la maison d'un juif, lequel fut sy malheureux que de rompre une hostye en 1290 du règne du Roy Philippe le Bel, les religieux sont de l'ordre Sainct Augustin; les Célestins furent bastis & fondés par le Roy Charles cinquiesme. Dans ceste esglise sont plusieurs sépultures de marbre blanc, dans la chappelle du duc d'Orléans entre aultres est celle de deux d'Orléans &

de leurs femmes & auſſi de l'amiral Chabot, & pluſieurs aultres en grand nombre en pluſieurs endroicts de l'eſgliſe, & en icelle chappelle ſont auſſy enterrez les cœurs des Roys Henry ſecond & François ſecond, à l'vne il y a trois vertus de marbre blanc, qui le ſouſtiennent ſur leur[s] teſtes & l'aultre eſt vne coulonne de meſme marbre de Anne de Montmorancy conneſtable de France, eſt auſſy dans la meſme chappelle, fort enrichy de marbre blanc & noir auec ſon eſpitaphe eſcripte en lettres d'or. En la meſme eſgliſe eſt vne chappelle à l'entrée du cœur (*sic*) à main droicte, dédiée à Sainct Pierre Cardinal qui eſtoit de la maiſon de Luxembourg, lequel fut premièrement éveſque de Metz & Cardinal, puis ſe rendit Céleſtin & mourut au couuent desdicts Céleſtins en la ville d'Auignon l'an 1387, lequel apprès ſa mort a faict de grands miracles, deſquels nous parlerons en leur lieu, & pour ceſte ocaſion ſon manteau eſt gardé dans la dicte chappelle & montré auec grande réuérence. Les Blamanteaux (*sic*) furent premièrement nommez Guillemins & furent fondez à baſtir par Guillaume, comte de Poictou, au village de Montrouge, depuis ils ont eſté rebaſtiz dans la ville au lieu où ils ſont maintenant en l'an 1160. Les Jéſuites ont eſté eſtablis par le Cardinal du Prat, eſveſque de Clermont, l'eſgliſe duquel collège a eſté baſtye en l'an [1550] par le cardinal de Bourbon. Ilz en furent chassez en l'an 1595 parce que quelqu'un d'entre eux auoit donné conſeil à Jehan Chastel leur eſcolier de tuer le Roy Henry quattrieſme, depuis le

Roy leur ayant pardonné, ilz ont eſté remis en leurs collèges en l'an 1603.

29. Ceux de femmes ſont l'Ave Maria de l'ordre Saincte Claire leſquelles vont nuds pieds & viuent fort auſtairement. Les Vaudriettes fondées par vn nommé Eſtienne Vaudry [1], ſeruiteur du Roy Saint Louys, ſont de pauvres femmes veufves. Il y a encore Saincte Avoye, les Filles Dieu & les Repentyes leſquelles ſouloient eſtre en la rue de Grenelle & furent abbaſtues pour baſtir vn hoſtel que la Royne Catherine de Médicis a faict faire qui eſt vne des plus belles maiſons de Paris [2], tant pour la conſtruction des baſtimens que par les raretez & enrichiſſementz qui y ſont. Il eſt nommé de préſent l'hoſtel de Soiſſons, le couuent a eſté transféré en l'abbaye Sainct Magloire, les religieux de laquelle ont eſté réunis à Sainct Jacques du Hault Pas, qui eſtoit vn hoſpital aſſis au faubourg Sainct Jacques.

30. Dans la ville, il n'y a q'vn collège nommé le collège des Bons Enfans, mais à l'Vniuersité il y en a quantité comme nous en parlerons cy apprès.

31. Il ſeroit trop long à vous diſcourir particuliè-

1. Lizez Haudriettes et Haudry ; le scribe a fait une faute de prononciation, sinon d'orthographe. Une rue, qui n'est pas encore débaptisée, mais qui ne tardera pas à l'être, conserve le souvenir du bienfaiteur et de sa pieuse fondation.

2. L'hôtel de la Reine, dont il ne reste plus que la colonne astronomique, depuis hôtel de Soissons, à présent remplacé par la Halle aux blés.

rement de plusieurs chappelles fondées & basties en diuers endroicts comme celle de Bracque, des orpheures & plusieurs aultres.

32. Il y a plusieurs places publiques, entre aultres la plus remarquable est celle de Greve où aborde vne grande quantité de bateaux chargés de tout ce qui est nécessaire pour viure, tant bleds, bois, vin, foing, charbon, que aultres marchandises. L'Hostel de ville qui est très beau, est commancé à bastyr du reigne du Roy François premier l'an 1533, & achepué du reigne du Roy Louys treiziesme en l'an 1612, comme le tesmoigne la pierre de marbre qui est au-dessouz de la figure de *Lutecia* entre aultres. Les deux pauillons, les halles, & la place appelés le Cimetière Sainct Jehan, le Marché neuf & place Maubert sont pour tenir les marchez du poisson & herbages & aussy pour vendre toute espèce de denrées.

33. En ceste ville est une grande maison dédiée pour la fabrication de la monnoye. Il y a aussy plusieurs belles maisons, & hostels de princes, seigneurs & gentilzhommes en diuers endroicts.

34. Du costé de la Ville sont les fauxbourgs Sainct Honoré, de Sainct Denis, de Sainct Martin & de Sainct Anthoine, dans celluy de Sainct Honoré est le superbe bastiment des Thuylleryes, ainsy appellé à cause que c'estoit le lieu où l'on faisoit la thuille, auparauant la Royne Catherine de Médicis, femme du Roy Henry second, y feit commencer ce bastiment & planter partye des jardinages qui y sont, lesquelz ont

efté bien décorez & augmentez par le Roy Henry quatriefme qui a femblablement faict continuer le deffein de ce bel édifice, lequel par le moyen de la belle gallerye fe joint auec celluy du Louvre. Il y a vn des plus admirables efcaliers du monde, qui eft faict en oualle & par le milieu de cet oualle il y en a un aultre qui eft à jour, par conféquent la vis de cet efcalier n'eft fupportée que d'un cofté, mais de l'aultre elle n'eft de rien foubftenue, le dedans des chambres & falles de ce logis eft très beau, tant pour les belles peintures & dorures que pour les fuperbes cheminées de marbre que l'on y voit. Cefte maifon eft affife entre deux parterres & jardins parfaictement beaux, foit pour les compartimentz, foit pour les aultres raretez qui s'y voient. La grande efcurye du Roy auec le logis des efcuyers qui eft très beau, eft à cofté de la dicte maifon.

35. Dans ce faubourg eft le couuent des Cappuchins fondé du reigne du Roy Charles 9, lequel ordre a efté fondé en Itallye en la marque (*sic*) d'Ancofne par vn nommé Mathieu Branchy, l'an 1525, & celluy des Feuillans fondé par le Roy Henry troifiefme en l'an 1580, lefquels Feuillans font de l'ordre de Citteaux, & fe font réformez depuis quelques années, vn abbé de l'abbaye de Feuillans près Thouloufe défirant mener vne plus auftaire vye, réforma ces moines comme on les voit, lefquels ont faict baftir vne très belle efglife l'an 1602 auec permiffion du pape des aumofnes du jubilé l'an 1601. Les Cappuchines ont

esté bastyes par madame la duchesse de Mercœur l'an 1605 suiuant la dernière volonté & testament de feu la Royne Louyse de Lorraine, qui néantmoins auoit ordonné qu'il feust basty en la ville de Bourges, voulant y estre enterrée, laquelle dame de Mercœur auec permission de nostre sainct père, les a faict édifier en ce dict fauxbourg Sainct Honoré où ladite Reyne Louyse est enterrée au milieu du cœur (*sic*) de l'esglise. Il y a aussi vne paroisse dans le fauxbourg Sainct Denys l'esglise de Sainct Ladre ou Sainct Lazare, qui est vn hospital pour les pauures lépreux auquel il y a aussy prieuré du susdict ordre & plusieurs religieux qui y font le seruice, dans celluy de Sainct Martin il y a vne paroisse & vn couuent de Cordeliers réformez, bastiz en l'an 1604. Proche du faubourg est le Gibet de Paris appellé Montfaucon composé de six pilliers, lequel a esté basty du reigne du Roy Philippe de Vallois en l'an [1328] par un nommé Pierre Remy [1] intendant des finances lequel y fut le premier pendu, pour auoir desrobbez des finances dudict Roy Philippe. Proche la porte du Temple est un hospital neuf pour les

1. Le gibet de Montfaucon est d'une existence bien plus ancienne. Pasquier, dans ses *Recherches sur la France*, remarque que ce gibet a porté malheur à tous ceux qui s'en sont occupés. Pierre de Brosse, Enguerrand de Marigny, Pierre Remy, sont désignés dans l'histoire comme y ayant fait travailler, et tous y ont été pendus. Ce dernier justifia la prédiction inscrite sur un des piliers des fourches patibulaires :

En ce gibet, icci emmy,
Sera pendu Pierre Remy.

peſtiférez qui eſt un très bel édifice. Il a eſté commencé en l'an 1607. Le faubourg Sainct Anthoine eſt un peu éloigné de la uille & dans icelluy eſt une abbaye de femmes nommée Sainct Anthoine, proche du faubourg eſt un couvent de Cordeliers réformez, baſty par Jehan de Montluc ſeigneur de Ciſtron (*sic*) l'an 1601 en un lieu nommé Pique Puce.

36. Proche ceſte ville il y une montaigne ſur laquelle eſt baſtye vne abbaye de femmes au lieu ou du temps que les Romains eſtoient poſſeſſeurs de la France, ilz adoraient les idolles & ſouloient appeller ce lieu Mont de Jupiter, & depuis il a eſté appelé Montmartre, qui vault autant à dire que mont des Martirs, parce que Sainct Denys Arréopagiſte, premier éueſque de Paris & celluy qui y planta l'Évangile & en France auec Sainct Ruſtic & Sainct Élutaire furent maſſacrés par les infidelles où de préſent eſt une chappelle que l'on nomme les Martirs, ſur le pendant de la montagne vers la ville, lequel Sainct Denis porta ſa teſte entre ſes mains juſques à la ville qui eſt appelée de ſon nom.

37. Les Minimes furent baſtyz le long de la riuière de Seine du reigne du Roy Charles huictieſme & Louis douzieſme en l'an 1503. Ils vivent ſelon la règle de Sainct François de Paule Itallien qui vint en France & fut le premier inſtituteur de cet ordre. Le premier couuent qui en fut baſty en France a eſté celluy de Brancaucourt en Champaigne, proche la maiſon du mareſchal de Baudricourt, appellée Blaiſe, près de Bar-ſur-Aube.

Ce dict marefchal de Baudricourt alla quérir en Itallie le fufdict François de Paule, & au retour paffant par fa maifon, il eftablit ce monaftère & puis celluy de Paris fut bafty par Anne de Bretaygne, Royne de France, & mis en fa perfection du reigne de François premier. Proche de ce monaftère eft vne affez belle maifon nommée Chailiot baftye fur un cofteau par la Royne Catherine de Médicis[1].

Tous les faubourgs du cofté de la ville font de peu de conféquence, fy ce n'eft celluy de Sainct-Honoré, encore effe (*sic*) peü de chose, au regart de ceux de delà de la Riuière.

L'Vniuerfité eft comme vne troifiefme ville féparée d'auec les deux aultres par la Riuière, le circuit n'en eftant de beaucoup fi grand que celluy de la ville, mais elle eft accompaignée de grands & populeux fauxbourgs qui rendent ce cofté prefque autant admirable que l'autre.

38. Il y a l'abbaye Saincte Geneuiefue du Mont qui eft des plus anticques de France, elle a efté premièrement dédiée à Sainct Pierre & Sainct Paul, y ayant vne eglife ou chappelle foufterraine ou les chreftiens fe cachoient du temps de leur perfécution lorfqu'ils eftoient en feruitude des Romains, dans laquelle eft enterrée cefte bienheureufe Vierge. Saincte Geneuiefue eft en un tombeau fort antique

1. A peu près où a été bâti le palais de l'Exposition en 1878. Napoléon Ier avait projeté d'y bâtir un palais pour le roi de Rome.

qui ſe voit dans ladiſte chappelle, mais elle a eſté du depuis eſleuée dans vne chaſſe d'argent gardée dans ladicte eſgliſe. Laquelle faict journellement de grandz miracles. Les Pariſiens la tiennent pour leur aduocatte enuers Dieu, & eſt enterré au cœur (*sic*) de ladiſte eſgliſe, ayant vne ſépulture hault eſleuée, giſant en boſſe.

39. Ceſte abbaye eſtoit jadis hors la ville, elle eſt de fort grand circuit, fermée de haultes murailles & de tours à l'anticque[1]; dans cet enclos en diuers endroicts ſont trois ou quatre chappelles, dont il y en a vne attenant du cloiſtre qui eſt fort belle, où eſt la ſépulture du dernier abbé faicte de marbre blanc & noir, haulte eſleuée; ledict cloiſtre eſt très beau & peint de diuerſes hiſtoires[2]. Ceſte abbaye eſt ſur-

1. Très peu d'historiens de Paris ont parlé de l'enceinte de l'abbaye de Sainte-Geneviève. Elle était entourée de murailles comme Saint-Germain-des-Prés et Saint-Martin-des-Champs, mais sa situation sur une montagne, à proximité des murailles de la ville, n'exigeait pas, comme pour les précédentes, isolées plus ou moins dans la campagne, un luxe de fortification, une régularité complète; un simple mur en faisait tous les frais; une seule tour d'angle du XIIIe siècle, démolie il y a quelques années, offrait un point d'observation plus que de résistance au chevet actuel de Saint-Étienne-du-Mont. Au XVIe siècle, on bâtit un mur le long de cette église, de la rue Descartes à celle de la Montagne, ce qui mettait en communication la tour de guette du XIIIe siècle avec la tourelle en encorbellement qui est au-dessus du portail de la rue de la Montagne, mais c'est plutôt un ornement qu'une défense; *les haultes murailles et les tours à l'anticque* sont pures exagérations de l'auteur.

2 Il serait intéressant de connaître le sujet de ces peintures.

nommée du Mont à caufe qu'elle eft fur vne petite montaigne au lieu plus éminant de Paris. Joignant cette abbaye eft vne paroiffe appellée Sainct Eftienne qui eft l'vne des plus belles de l'Vnivercité.

40. Le fufdict monaftère eftoit le palais ou la maifon du Roy Clouis[1], lequel, comme nous auons dict cy deffus, feit baftir l'efglife au nom de Sainct Pierre & de Sainct Paul, qui depuis a efté nommée Saincte Geneuiefue.

41. L'abbé de Saincte Geneuiefue ne recongnoit nul evefque, mais defpend immédiatement du fainct fiége apoftolique.

C'eftoient anciennement des chanoines, lefquelz furent chaffez pour leur infolance en l'an 1148 & en leur lieu furent mis des religieux de l'ordre Sainct Auguftin appellez chanoines régulliers.

42. En cefte abbaye eft vne porte pour fortir hor la ville qui eft murée & ne s'ouure jamais que quant le Pape vient à Paris, parce que c'eft par cette porte qu'il y faict fon entrée.

43. Dans cette Vnivercité il y a plufieurs efglifes, chappelles & collèges jufques à quarante quattre, sçauoir eft quatorze paroiffes & d'autres chappelles & prieurez, comme Sainct Jullien le Pauvre, Sainct Eftienne des Grecs, Sainct Jehan de Lattran, qui eft vne commanderye defpendant du grand prieuré de

1. Cette tradition, assez répandue, paraît invraisemblable : comment Clovis eût-il pu se construire un palais à si peu de distance de celui des Thermes?

France, lequel eſt deſſervy par des religieux de l'ordre de Sainct Jehan de Hieruſalem, auquel lieu ſe font les aſſemblées des cheualiers de Malte quand ilz ont quelques choſes à délibérer de leur ordre.

44. Il y a auſſi des chanoines en l'eſgliſe Sainct Benoiſt, vn couuent & collège des Cordelliers, où d'ordinaire il y a quattre ou cinq cens; l'eſgliſe fut bruſlée par fortune l'an 1580, qui fut vn grand dommaige, meſme pour pluſieurs belles ſépultures qui furent gaſtées; depuis elle a eſté rebaſtye et achepvée entierement l'an 1605 plus belle qu'elle n'eſtoit auparavant. Dans ce couuent eſt la librayrie du Roy où ſe trouuent des plus excellentz liures du monde. Ce dict couuent a eſté premierement baſty du reigne du Roy Henry premier, comme il ſe voit par vne inſcription en lettres d'or ſur vne table de marbre qui eſt au deſſus de la porte de ladicte eſglise.

45. Le couuent & collège des Jacobins fut baſty par Sainct Louys dans l'eſgliſe duquel ſont enterrez pluſieurs ſeigneurs de la maiſon de Bourbon & autres, de la maiſon de France qui ont des ſépultures hault eſleuées de marbre noir, avec les effigies de marbre blanc, & au deuant du grand hauſtel eſt la ſépulture de Humbert, daufin de Vienois qui vendit le Dauphiné pour vil prix au Roy Philippe de Vallois, à condition que le premier filz des Roys ſeroit appelé Daufin, & apprès prit l'habit de Sainct Dominique à Lion, puis fut patriarche d'Alexandrye, & enfin vint mourir à Paris en l'an 1355. Ce renommé docteur anglois (*sic*)

Sainct Thomas d'Aquin, auoit efté eftudiant audict couuent qui eft bafty au lieu où eftoit bafty le chafteau de Haultefeuille comme il fe voit encore par quelques veftiges du donjon qui tient aux murailles de la ville.

46. Le couuent & collège des Auguftins a changé diuerfes fois de place, premierement il a efté bafty proche la porte Montmartre, au lieu où de préfent eft la chappelle Saincte Marye Egibfienne, en la rue nommée de leur nom des Vieux Auguftins, & depuis où eft le collège du Cardinal Le Moine. Maintenant ils font baftiz dans cefte vniuercité, au bout du Pont Neuf, dont l'on a retranché les jardins & abbattu l'hoftel de Sainct Denis qui eftoit derrière ledict couuent, pour faire les rues Dauphine & Chriftine où l'on a bafty plufieurs beaux logis. Ces rues furent commencées l'an 1607.

47. Il fe voit dans l'aultre vne ftatue d'vn Sainct François priant, qui eft vne des admirables œuures du temps. C'eft au chappitre de ce couuent que ce tiennent toutes les affemblées générales du clergé de France, quant ilz veulent aduifer à leurs affaires. Sa efté auffy en cefte efglize qui fut tenu en l'an 1579 le premier chappiftre des cheualliers de l'ordre Sainct Efprit que le Roy Henry troifiefme a inftitué, & quant les Roys font feftins au palais, la Cour de Parlement s'y tient auffy.

48. Le couuent & collège des Carmes a efté bafty par le Roy Sainct Louys, ayant amené des réligieux

du mont de Carme en Paleſtine quant il feit le voyage de la Terre Sainɛte.

Le couuent & collège des Mathurins qui ſont religieux de l'ordre de la Trinité pour la rédemption des captifs, dont le chef d'ordre eſt dans le diocèſe de Meaux, qui eſt vn prieuré nommé Cerfroy, proche de Gandelu.

49. Le couuent & collège des Bernardins qui eſt pour les Religieux de l'ordre de Citteaux.

50. Le Roy Robbert a eſté le premier qui a inſtitué & fondé cette Vniuercité y ayant eſtabli vn Recteur & vn procureur, mais les lettres touchant les priuilleges ont eſté perdues.

51. Cette dignité rectorale eſt fort belle & honorable; le Recteur s'ellit de trois mois en trois mois faiſant poſeſſion apprès cette élection. Ce Recteur aux actes publiques qui ſe font en ladicte Vniuercité, de quelque faculté que ce ſoit, précède tous princes, cardinaulx, archeveſques & eueſques, & n'eſt point tenu d'aſſiſter aux entrées des Roys, à cauſe que ſon auctorité ne s'eſtend ſeulement que dedans Paris, aux obſeques deſquels il va près du corps, auec l'eueſque de Paris, touttefois l'eueſque de Beauvais qui eſt le conſeruateur de ladicte Vniuerſité marche à main droitte.

52. Il y a pluſieurs collèges en cette Vniuercité et juſques au nombre de [soixante], dont celuy de Sorbonne eſt le premier, lequel a eſté fondé du reigne du Roy Sainct Louys par vn docteur en theologye

nommé Robert de Sorbonne, lequel donna des rentes pour entretenir les bacheliers & pour la nourriture des docteurs de ladicte faculté de théologie, de laquelle tous les théologiens de Paris sont appelés Sorbonnistes, parce que en la Sorbonne se font les arts principaux pour la preuue du sauoir de ceux qui aspirent à estre docteurs en théologye.

53. Le collège de Nauare a esté fondé par la Royne Jehanne, femme du Roy Philippe le Bel, laquelle estoit Royne de Navarre & Comtesse palatine de Champaigne & de Brye, en l'an 1304, & luy donna deux mille liures de rente sur le comté de Champaigne, & ordonna certain nombre d'escolliers champenois qui seroient entretenuz aux despens de ce collège ; c'est le plus beau & le plus grand collège de l'Vniuersité, & où il y a le plus de noblesse, en icelluy sont gardées les chartres & trésor de l'Vniuercité, comme fondations, libertez, immutez (immunités) & preuilleges octroyez aux facultez d'icelle.

54. Le collège de Clugny a esté fondé en l'an 1200 par Jehan premier du nom abbé de Clugny, pour les religieux dudict ordre. Il y a aussi une maison dans l'Vniuercité appellée l'hostel de Clugny, qui souloient estre les bains & palais de Jullien l'Apostat, s'y voyant encore pour le jourd'huy de grandes voultes bastyes de pierre même qui tesmoignent cette antiquité. Cet empereur faisoit venir par des aqueducs de pierre la riuière de Bieure, laquelle il prenoit à Arcueil comme il se remarque par les antiquitez qui

s'y voyent maintenant pour feruir aux dicts bains.

55. Le collège de Montagu fut fondé en 1344 où il y a de pauures efcolliers nommez Cappettes qui font entretenuz aux defpens de ce collège.

56. Le collège de Marmoutier a efté eftably par vn abbé de Marmoutier pour l'entretainement des religieux dudict ordre.

57. Les aultres collèges les plus remarquables font celluy des Cholletz, du Cardinal Le Moyne, du Pleffis, de Tours, de Bourgongne, du Cardinal Bertrand, de Beauuais, du Mans, fondé par Philippe de Luxembourg, euefque dudict lieu, de La Marche, de Boncourt, de Harcourt, de Bayeux, de Laon, de Reims, de Lizieux, de La Mercy, des Graffins, de Mignon, de Sénac dit de Sainct Michel, bafty & fondé par de ceulx de la maifon de Lery, comte de Pompadour, en Limoufin, & beaucoup d'aultres qui feroient trop longs à exprimer.

58. Et oultre les deffus dictz font les collèges du Décret & de la Médecine.

59. Il y a huict portes en la fufdicte Vniuerfité en ayant efté baftie vne en l'an 1605 fur le quay de la Tournelle & faict vne aultre au lieu de la poterne de Nefle, joignant l'hoftel de Neuers, en l'an 1612, auprès de laquelle fur le bort de la riuière eft vn̄e haulte tour ronde, nommée du nom de ladicte porte; de l'aultre cofté de la riuière, dans la uille, proche la porte neufue, eft vne tour femblable nommée la Tour du Bois.

60. Les faux bourgs de ce cofté font forts grandz.

Celluy de Sainct Germain eſt le plus eſtimé, d'autant qu'il eſt enrichy de beaucoup de belles maiſons & hoſtels de pluſieurs princes, ſeigneurs & aultres gens de callitté. La Royne Marguerite a faict commancer vn ſuperbe édifice, aſſis ſur le bort de la riuière; il eſt accompagné d'un couuent d'Auguſtins réformez. Cet hoſtel a été commancé l'an 1607.

61. Dans ce faux bourg eſt ceſte ancienne abbaye de Sainct Germain des Prez, laquelle reſſemble pluſtoſt à vn chaſteau, à cauſe du trés beau & ſuperbe logis baſty par le cardinal, & qui eſt fermée d'vne grand anſeinte de murailles auec quelques tours, foſſez & pont-leuis, dont l'on a comblé ceux de deuant en l'an 1611.

62. L'eſglize de ceſte abbaye a eſté premierement nommée Sainct Vincent & fondee par Cherebert Roy de France, qui luy donna vne très riche croix d'or que ledict Roy apporta de Tholede en Eſpaigne, l'ayant gaignée ſur eux auec des religieux de Sainct Vincent. Il eſt enterré derrière le grant auſtel, & de l'autre coſté eſt ſon filz Chilpéric, Roy de France, qui fut tué ſur le commandement de ſa femme Frédégonde. Ilz ont des ſépultures de pierre hautes eſleuées.

63. Ceſte eſglize fut ſacrée à Sainct Germain par le Pape Alexandre troiſieſme en l'an 1163. En ceſte abbaye eſtoit Ydolle de Izis, qui eſtoit la tutélaire des Pariſiens du temps qu'ilz adoraient les faux dieux, elle fut abbattue l'an 1514.

64. L'abbaye de Sainct Germain despend du Sainct Siège apostolique seulement, & est l'abbé seigneur de tout le faubourg, jouissant des péages, subsides & aultres droicts qui se leuent à la foire qui se tient aux halles de Sainct Germain, tous les ans au mois de feburier.

65. En ce faubourg est une esglise paroissialle, vn hospital & vn couuent de religieux qui vont chercher pour les pauures, & sont appellez les frères Ignorans. La Royne Marye de Médicis les feit venir d'Itallye en l'an 1602 auprès d'vne petite esglise & hospital nommé Sainct Pierre, de l'aultre costé de la rue est le cimetière publicque de ceulx de la religion prétandue réformée de la ville de Paris. Le curé de Sainct Sulpice qui est la paroisse du susdict faubourg marche le premier de tous les aultres de la ville aux sérémonyes ne recongnoissant aultres supérieurs que le pape.

66. Au faubourg Sainct Michel est le monastère des Chartreux, lequel fut premierement basty à Gentilly, qui est un village proche de Paris. Mais d'aultant que le lieu n'estoit commode, le Roy Sainct Louys fut pryé par le grand prieur de la grant Chartreuse, près Grenoble, leur donner un lieu plus près de la ville, ce qui leur accorda, leur donnant la place où ilz sont maintenant, nommé Vauuert, qui souloit estre habitté par des fantosmes & mauuais espritz.

67. Cet ordre fut institué l'an 1084 par le moyen d'vn sainct personnage appellé Bruno, docte théologien de Paris; natif de Couloigne, ayant veu qu'en

célébrant les obſèques d'vn ſien amy, chanoine de Noſtre Dame de Paris, que l'on enterroit en ladicte eſglize, réputé homme de bien, le corps ſe leva de ſa bière à moityé par trois fois, lorſque l'enfant de cœur commença à chanter la leçon : *Reſponde mihy*, diſanz à pleine voix : JE SUIS CONDAPMNÉ PAR LE JUSTE JUGEMENT DE DIEU[1]. Or, ce Bruno avec

1. On racontait (car on était persuadé dans les monastères du XIIIe siècle que, pour illustrer un fondateur d'ordre, on ne pouvait se dispenser d'orner sa vie de quelques récits merveilleux), on racontait que saint Bruno, né à Cologne vers le milieu du XIIe siècle, assistait un jour, dans l'église Notre-Dame de Paris, à l'office des morts, célébré pour l'âme d'un chanoine nommé Raymond Diocre, qu'on allait porter enterrer. Le défunt, docteur célèbre, dont la vie passait pour avoir été exempte de reproches, avait une grande réputation de sainteté. Le corps était couché dans un cercueil, et, d'après une ancienne coutume, le visage était découvert. Lorsque le clergé en fut à ces paroles : *Responde mihi quantas habes iniquitates?* on vit aussitôt le mort lever la tête, et répondre à cette question : *Justo Dei judicio accusatus sum*. A ces mots, les assistants, saisis d'effroi, prennent la fuite; la cérémonie funèbre est interrompue et remise au lendemain.

Le jour suivant, le clergé voulant continuer la cérémonie, entonne le même chant, et au même verset, le mort, pour la seconde fois, se lève sur son séant et dit : *Justo Dei judicio judicatus sum*.

A ces mots, l'épouvante fait de nouveau déserter l'église et la cérémonie funèbre est encore remise au lendemain.

Pour la troisième fois, le mort, interrogé, déclare qu'il est condamné par le juste jugement de Dieu : *Justo Dei judicio condemnatus sum*.

On ajoute que Bruno, qui était docteur, chanoine de Reims et maître des écoles de Paris, témoin de cette scène effrayante, renonça au monde et, résolu à faire pénitence, se retira dans les déserts de la Chartreuse, aux environs de Grenoble.

quelques vns de ses amis s'en alla à Grenoble faire vne aultre penitance au lieu de la Chartreuse, & fut le premier comme i'ay dict qui institua cet ordre, & porte encore le nom du premier lieu où il fut institué, il y a plusieurs grandz archeuesques, euesques & chanceliers enterrez en ceste maison, en laquelle ilz n'eurent jamais aucunes femmes (enterrées).

68. Dans ce monastère a deux cloistres, l'vn desquels, sçauoir le plus petit est tout paint de l'histoire dudict Bruno[1], l'aultre est bien grand allantour duquel sont les maisons ou selules où demeurent les religieux.

69. Au faubourg Sainct Jacques estoit l'hospital de Sainct Jacques du Hault Pas, lequel a esté donné à l'abbé & religieux de Sainct Magloire, qui estoient en la rue Sainct Denys, laquelle a esté donnée aux filles repantyes en récompense que la Royne Catherine de Médicis auoit faict abattre leur couuent en l'an [1572] pour faire son hostel de la Royne. Ceste abbaye Sainct Magloire a esté fondée par le Roy Heue Cappet en l'an 895. L'on a basty en ce dit faubourg vn couuent de religieuses nommées Vrsiliennes en l'an 1610. Il y a aussy vne paroisse bastye en l'an 1563, & a esté aussi édiffié vne esglise de prestres nommés de l'Oratoire en l'an 1612.

70. Le prieuré Nostre Dame des Champs est aussy en ce faubourg. Se souloit estre vn temple de Cerez.

1. Voir Isaac de Bourges, p. 128, Le grand cloître renfermait aussi des peintures et des portraits de bienfaiteurs de la maison.

Depuis le Roy Robert y feit eſtablir vn prieuré de l'ordre de Marmoutier. Depuis, en l'an 1603, madmoiſelle de Longueville y a faict baſtir vn couuent de religieuſes appellées Carmelines, autrement dittes Carmeliſtes, dont elle a envoyé quérir des religieuſes en Eſpaigne pour donner la règle & inſtruction à celles de France qui s'y ſont miſes depuis. Ilz viuent fort auſtairement, n'eſtant jamais veues de perſonne depuis qu'elles y ſont vne fois entrées. Le prieuré a eſté transféré au collége de Marmoutier.

71. Au faubourg Sainct Marceau eſt l'eſgliſe dudict Sainct Marceau qui ſouloit eſtre anciennement cathédralle [1], qui depuis a eſté transféré à l'eſgliſe Noſtre Dame, en ceſte eſgliſe il y a vne chanoinerye. Il ſouloit avoir vne ville appellée la ville de Sainct Marceau comme quelques portes & fossez le témoiſgnent eſtant proche ceſte eſgliſe, les tiltres du dict Saint Marceau le témoignent.

72. Il y a auſſy en ce dict faubourg vn hoſpital, deux paroiſſes, vn couuent de Religieuſes appellées Cordelières. Il paſſe par ce faubourg une petite riuière nommée Bieure, laquelle eſt des plus eſtimées de France pour la teinture en écarlatte.

73. Au faubourg Sainct Victor eſt l'abbaye de Sainct Victor laquelle a eſté baſtye & fondée par le Roy Louis le Gros.

74. Dans ceſte abbaye y a pluſieurs belles chap-

1. Voir plus haut la note 1, page 8.

pelles en diuers endroicts, entre aultres il y en a vne soubs la grande esglize qui est vn lieu de grande déuotion. Il y a aussi vne des belles librairyes & des plus estimées de Paris [1]. Les religieux sont de l'ordre de Sainct Augustin.

75. Tous les fauxbourgs de ce costé de l'Vnivercité furentfermez de grandz fossez ou tranchées bien flancquées l'an [1208].

76. Cette ville de Paris est la cappitalle du royaulme & vne des mieux accompaignées de tout ce qui luy est nécessaire, elle est de grand trafic, tant en gros qu'en détail. Car il n'y en a point qui l'égalle, ayant des artizans des plus experts du monde.

77-78. Les édifices y sont extrêmemem beaux & superbes; elle est ornée de quattre cent tant d'esglizes dont il y a cinquante paroisses, elle est la plus pécunieuze & a receu beaucoup de pertes & dommages pendant les guerres de la Ligue, à cause de sa rébellion contre le Roy Henry troisième & Henry quatriesme, lequel est venu deux fois pour l'assiéger ou en ces siéges elle a receu beaucoup de dommages par la fain & necessité de toute choses qui l'a réduite à telles extrémitez qu'il s'est, que pendant c'est trouvé des mères contraintes de manger leurs propres enfants, & abattre leurs maisons pour leur chauffer. Ses fauxbourgs ont esté la plupart abattuz tant des assiegeants que des assiégez. Bref, ilz ont faict des choses sy ex-

1. Bibliothèque, la première qui ait été ouverte au public.

traordinaires depuis l'an 1588 qu'ilz se barricadèrent contre le Roy Henry troisiesme, jusqu'en l'an 1594 qu'ilz remirent leur ville entre les mains du Roy Henry quatriesme que ceulx qui ne les ont veues ne les vouldroient croire, c'est pourquoy je me tairay & renuoyray le lecteur s'il luy plaist à veoîr le livre du *Catholicon* d'Espaigne [1].

79. Sous cet Evesché, oultre les abbayes qui sont dans la ville & fauxbourgs, sont celles de Sainct Denis en France, celle des Nonains de Montmartre, ordre Sainct Benoist, celle de Nostre Dame du Val, ordre de Citeaux, celle de Barbeau, ordre Sainct Benoitz, celle des Nonains des Lonchamp, celle des Nonains de Maubuisson ordre de Citeaux, celle des Nonains de Chelles, celle de Livry, ordre Sainct Augustin, celle de Nostre Dame de Mousseaux, ordre idem, celle d'Hyères aux Nonains, celle d'Ermières, ordre de Premontré, celle des Nonains de Jarcy, ordre Sainct Benoist, celle du Vaulx de Cernay, ordre de Citeaux, celle du Parc Royal aux Nonains de Gisors, ordre Sainct Benoist, celle de Lagny ordre idem, celle aux Nonains, ordre de Citeaux, celle de Sainct Jehan d'Essaulnes, proche de Corbeil, celle des Nonains de Malenoue, & pour prieurez de remarquez est celluy de Lontpont, ordre Sainct Augustin, celluy de Méol, ordre de Grandmont, celluy du Parc du Bois de Vincenes, celluy de Sainct Ladre, ordre Sainct Augustin, celluy de Gournay, celluy de Thibault de Lignes.

1. La *Satire Ménippée*, ou la vertu du *Catholicon d'Espagne*.

DES CHATEAUX DU BOYS DE VINCENNES, SAINT MOR ET AULTRES PLACES REMARQUABLES PROCHE PARIS.

80. Le bois de Vincennes eſt un chaſteau aſſez ancien baſty par le Roy Phylippe Auguſte en l'an 1190, comme le teſmoigne vne lame de cuivre attachée à la porte du donjon.

81. Ce chaſteau eſt compoſé d'vne grande anſeinte de murailles garnye de huict groſſes tours carrées, faictes en machicollis & d'un grand foſſé à font de cuue, puis le donjon qui eſt vne groſſe tour plus haute que les aultres anceinte d'vne fauſſe braye faicte en machicollis, & d'vn grand foſſé auſſy à fond de cuue.

82. Il y a dans ce chaſteau vne ſaincte chappelle[1], baſtye ſur le modelle de celle de Paris deſſeruye de meſme façon.

83. Les maiſons des chanoines ſont alentour de l'eſglize & la maiſon du cappitaine ou gouuerneur. Il s'y voit auſſy quelque logis que l'on tient eſtre baſty par Saint Louys, où il ſaiſoit ſa demeure.

84. Allentour de ce chaſteau y a vn grand parc, & dans icelluy vn couuent de religieux appelez Hieronimites[2].

1. On désignait sous le nom de saintes Chapelles celles qui étaient fondées par le roy ou un prince du sang royal.

2. Minimes ou Hiéronymites.

85. Attenant de ce parc en eſt vn aultre preſque auſſy grand dans lequel eſtoit vne tour baſtie par le Roy Charles ſeptieſme appellée la tour de Beauté [1], en laquelle ſouloit demeurer la belle Agnez, ſa bien aymée, laquelle tour a eſté bruſlée pendant ces dernières guerres, l'an 1590, & depuis entièrement raſée l'an 1602.

86. Le chaſteau de Sainct Maur des Foſſéz baſty par la Royne Catherine de Médicis, eſt aſſis ſur la riuiere de Marne.

Attenant à ce chaſteau il y a vn gros village, dans lequel y a vne abbaye dont les moines ont eſté ſécularizez & mis en chanoines par le Roy François premier auec la permiſſion du pape Clément ſeptieſme, en l'an 1583. Elle a demeurée régulière depuis l'an 868, juſques au temps cy-deſſus qui font 665 ans. L'eueſque de Paris en eſt doyen, lequel doyenné eſt annexé auec l'eſueſché y ayant trente deux bénéfices tant cures que prieurez qui en deſpendent.

87. Le pont de Chalentoz [2] eſt un bourg où la riuière de Marne, ſe meſle dans la Seine, ſur celle de Marne,

1. Charles VII avait construit le château de Beauté pour Agnès Sorel; il y résidait souvent. La situation qui dominait la vallée de la Marne, non loin de la station de Nogent, est admirable. Il ne reste plus rien de cette résidence, affectionnée de Charles VII, que des souvenirs et une plaque commémorative, placée par les soins de M. Jules Cousin, bibliothécaire de la ville, qui y avait une propriété.

2. Charenton; Chalenton est une version vicieuse; Charente, Charenton, Conflans, Coblentz, ont la même signification : confluent de deux rivières; ici, la Seine et la Marne.

il y a un pont où eſtoit baſtie vne groſſe tour fort antique ſeruant de fortereſſe à défendre ce paſſage; elle fut à moityé abbatue à coups de canon, lorſque ceux de la Religion prétandue réformée s'en eſtoient ſaiſiz & que le ſiège y fut mis par le commandement du Roy Charles neufieſme, & depuis l'aultre moityé fut abbattue l'an 1602.

88. Proche de là en vn lieu nommé Chalentonneau [1] a eſté baſty en l'an 1607 vn temple pour les Huguenotz au lieu de celluy de Paris qui ſouloit eſtre à Ablon.

89. Lelon [2] de la Riuière de Seine, proche ledict Chalanton eſt vne vieille grange [3] où il n'y a que les murailles, laquelle eſt admirée par ceulx qui y vont, par ce qu'il y a un écho qui reſpond dix huict fois.

90. Le châſteau de Bicettre a eſté baſty ſur vn coſteau aſſez près de Paris, vis-à-vis du bois de Vincennes, par vn nommé [4] Jehan, duc de Berry, qui depuis l'a donné à meſſieurs du chappittre Noſtre Dame de Paris, leſquels l'ont laiſſé en ruine.

91. Sainct Clou eſt vn gros bourg aſſis ſur vn pendant, au bas duquel paſſe la riuière de Seine, il ſou-

1. Chalentonneau est pour Charentonneau, diminutif de Charenton; l'orthographe ou la prononciation de l'auteur est fautive.

2. En descendant la rivière.

3. Cet écho paraît avoir été dans la Grange-aux-Merciers, entre Bercy et Charenton.

4. La formule *bâty par un nommé Jehan, duc de Berry,* est assez outrecuidante, l'oncle de Charles VI n'étant pas le premier venu, ni un inconnu.

loit eſtre appellé Nogeant, mais parce que Sainct Clou, qui eſtoit filz [1] du Roy Clovis, y feit ſa demeure, y mourut & y fut enterré, il a depuis eſté nommé Sainct Clou.

92. Sur cette Riuière au pied dudict bourg y a vn pont qui fut fortiffié par les Ligueurs de Paris, pour y garder ce paſſage contre le Roy Henry troisieſme, en l'an 1589 qu'il les vint aſſiéger auec vne armée de cinquante mil hommes, il prit le dict pont & ſe logea dans le bourg de Sainct Clou en vne maiſon de plaiſance, dite la maiſon de Gondy, où vint vn moine Jacobin, du couvent de Paris [2], lequel demanda à parler à Sa Majeſté & combien qu'il fuſt ſur ſa cheze percée [3] luy fut amené, faiſant retirer tous ceulx qui eſtoient auprès, luy donna une lettre laquelle Sa Majeſté prit & en la lizant ce meſchant tira de ſa manche vn couteau empoiſonné [4] dont il luy donna dans le petit ventre, duquel coup il mourut vingt-quatre heures apprès, qui fut le premier jour du mois d'aouſt l'an 1588. Dans

1. C'est petit-fils qu'il a voulu dire.

2. Jacques Clément.

3. C'était à cette époque et encore au siècle suivant l'usage des rois et des princes de donner ainsi leurs audiences; la délicatesse des privilégiés ne s'en offusquait pas. L'Étoile a consigné ce détail des mœurs de l'époque dans ses Mémoires. Il ne l'a pas cru contraire à la dignité de l'histoire. Voir *Mémoires Journal*. Édition Jouaust, t. III, p. 304, l. 10.

4. Le fait n'est pas constant; il n'était pas nécessaire de prendre ce surcroît de précaution, l'arme perforant des intestins, la blessure devait entraîner la mort. Le petit ventre pour bas ventre est joli; ce mot mériterait d'être conservé.

le parc de cette maiſon, il y a pluſieurs belles fontaines à grottes en divers endroictz.

93. Meudon eſt un beau chaſteau, fort eſtimé pour les rares ſingullaritez & antiquitez que l'on y voit, il y a entre aultres chozes vne grotte fort artificiellement faicte, enrichye de corniches, colonnes, & ſtatues [1]. Il y a vn couuent de Cappuchins baſty ſur vne montaigne au bout du village.

94. Longemeau eſt vn gros bourg fermé, où il y vn prieuré conventuel, au deſſus d'icelluy eſt vn ancien chaſteau appelé Chailly auquel il y a vne eſgliſe de chanoines & ſur le hault vne maladerye.

95. Entre Longemeau & le bourg la Royne eſt vne maiſon de plaiſance nommée Berny [2] qui a eſté baſtie par le chancellier Bruſlart, ſous le reigne du Roy Henry quattrieſme & Louys treizieſme, elle eſt compoſée d'vn corps de logis & de deux grands pavillons enrichy par le dedans d'infiny beaux portraitz, au deuant duquel eſt un beau parterre accompaigné de fort belles fontaines & d'vn beau grand parc planté de beaucoup de belles allées. La baſſe court eſt compozée de deux grandes galleryes & d'un beau portail couuert d'ardoizes.

1. Le vieux château de Meudon avait été bâti et orné par Philibert de L'Orme. La grotte de Meudon, célèbre à cette époque, est reproduite dans la Topographie de Zeiller.

2. Berny avait appartenu autrefois au chancelier de Bellièvre : puis il était devenu la maison de campagne des abbés de Saint-Germain des Prés. Les jardins en étaient extrêmement agréables par les canaux et les jets d'eau qu'on y a multipliés.

96. Maſſy[1] eſt un fort ancien chaſteau, dont les murailles ſont faiĉtes de briques par arcades, l'on tient qu'il a eſté baſty par les Romains parce que les murailles ſont faiĉtes de meſme façon que celles de Romme. Il a eſté en partye deſmoly pendant ces dernières guerres de la Ligue, dans icelluy eſt vne chappelle fondée.

97. Palaiſeau eſt vn gros bourg accompaigné d'vn ancien chaſteau au milieu duquel eſt vne très vieille tour ronde, faiĉte en machicollis. Dans ce bourg eſt vne eſglize où il y a prieuré, channoinerye & paroiſſe, & un hoſpital.

98. Monthelléry eſt vn chaſteau fort ancien, baſty ſur une montaigne, lequel eſt maintenant en ruines, n'y eſtant reſté qu'vne groſſe tour ronde, faiĉte en machicollis, audeuant duquel eſt vne eſglize de chanoines[2]. Au bas de ce chaſteau ſont deux petites villes ou bourgs fermez, dont l'vn porte le nom de Mont le Héry & l'autre s'apelle Lina.

99. Ce lieu eſt fort remarqué pour la battaille qui y fut donnée par le comte de Charrolois, fils du duc de Bourgougne au Roy Louis unzieſme en l'an 1465.

1. Massy vient ici par occasion ; cette maison de campagne n'a jamais été renommée ni par son site, ni par le nom de ses propriétaires. Si Michel de la Rochemaillet en parle ici, c'est que son fils René était curé de Saint-Germain-de-Champlant et qu'un autre de ses fils, Jacques, fut enterré dans l'église de cette paroisse, située auprès de Massy. Voir l'Introduction, p. XIX.

2. Le château de Montlhéry était bâti en terrasse; il fallait franchir quatre enceintes avant d'arriver au donjon.

en la place du combat ſont deux cimetières fermez de murailles ſéparez l'vn de l'aultre par vn chemin qui paſſe entre les deux, dans l'vn deſquels furent enterrez les Bourguignons [1] & en l'aultre les François.

100. Proche Mont le Héry eſt le parc de Chanteloup, ſort eſtimé, tant pour ſa beauté que pour les raretez qui s'y voyent, au milieu duquel eſt vn couvent de religieuſes de l'Annonciade. Ce lieu appartient à ceulx de la maiſon de Villeroy.

101. Chaatres [2] ſous Mont le Héry eſt vne ville aſſiſe proche ce parc de Chanteloup. Il y a deux eſgliſes paroiſſiales & vn prieuré nommé Sainct Clément.

1. Le nom de cimetière des Bourguignons s'est encore conservé dans un lieu dit de la plaine où se livra la bataille.

2. Arpajon.

FIN.

TABLE ALPHABÉTIQUE

DES NOMS DE PERSONNES ET DE LIEUX

FIN DE LA TABLE ALPHABÉTIQUE.

A. Quantin imprimeur
7 S. Benoit, 7. à Paris

www.ingramcontent.com/pod-product-compliance
Ingram Content Group UK Ltd.
Pitfield, Milton Keynes, MK11 3LW, UK
UKHW020326250726
13967UKWH00004B/1889

9 782013 031271